美を尽くして天命を待つ

Bi wo tsukushite
tenmei wo matsu
mariko hayashi

林真理子

マガジンハウス

ありのままで生きると…

目次

誰か私のネジを巻いて

二次元向きのオンナ

美を尽くして天命を待つ

イラスト

著者

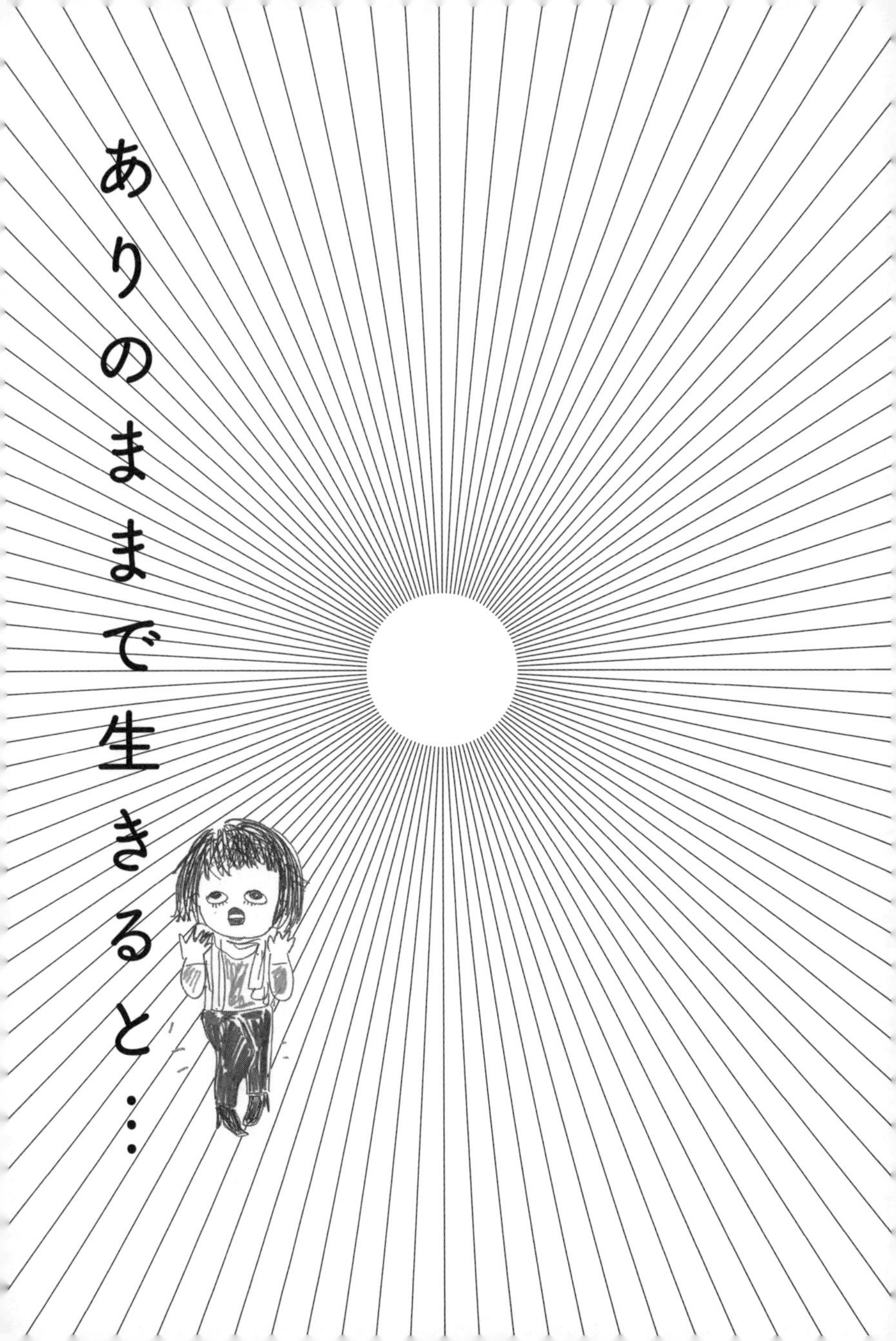
ありのままで生きると…

減量か、移住か

私が春のダイエットを始めたと言ったら、いつもの仲間たちが言う。

「いいもーん、私は、デブが美人の国に行くんだもん。将来移住するんだもん」

「そうだ、ハワイにしようよ」

と別の一人が言った。

「トンガもいいけどあそこは遠いし。ハワイだったら何でもあるし、おいしい日本食も食べられるし、一年中ムームーで過ごせるんだよ、あそこ」

「そうだよねー、私らはハワイで暮らそう」

という話で盛り上がったのだ。

が、それは二十年後として、とりあえず明日着る服がない。ホントに早く痩せなきゃ春物全滅だ。

私は前作でも話したとおり、プチ断食ダイエットをやり、スクワット体操も始めた。

昨年（二〇一三年）から今年にかけて、私はものすごく忙しかった。頭がヘンになるぐらい原稿を書きまくった。そして食べることだけが楽しみのいわば冬眠状態であった。当然むくむくと太っていく。

この間、仲よしの隣のマンションの奥さんは、一人抜けがけしてジムに通っていた。

「二人で痩せようね」

とあんなに約束したのに、自分だけスリムになっていったのだ。

が、私だって負けない。絶対に痩せてやると闘志を胸に燃えたぎらせても、とりあえずデブはデブ。あるパーティーに出ることになっても着るものがないワケ。

もともと寒がりな私は、黒の厚いニットを着て、その上にジャケットを羽織り、タイツをはいての重装備。そこへいくと知り合いの女性の多くはまさに「シーズンレス」。その時は二月の厳寒の最中であったが、薄ーいシルクのドレスを着ている。中には半袖の人もいっぱいいだ。

「ねぇ、ねぇ、どうしてそんなに薄着でいられるの？　私とそんなにトシ違わないのにさァ」

私は思わず尋ねた。

「だって私、今日はブラ付きのヒートテックに、その上にまた半袖のヒートテック重ねてるもん」

と秘密を聞かしてくれた。

怖るべしヒートテック。私が今まで買ったババシャツは、胸にレースがあるラブリーなもの。これを着るといかにもおばさんっぽい感じがして気持ちがジミになったものだが、ヒートテックならいいかもね。若い人もいっぱい着ているし、おばさんっぽくないかもね。ということでこのあいだユニクロで買ったままになっていたヒートテックを包装破って着ることにした。

その日はもう三月となり、陽ざしは春のものだ。こういう時、私は突然ラブリーになる。お花模様のものやピンクを着たくてたまらなくなる。これはもう誰にも止められない。鏡に映った自分の姿を見てもやめません。似合うか似合わないかよりも、この場合、私の心が、

「お花模様。ピンク」

と激しく叫んでいるのだ。

そんなわけでプラダの、お花がいっぱいビーズで刺繍してあるブラウスを着た。この場合カーディガンは、ピンクではなくてグレイだろう。

この格好で青山のレストランへ出かけた。知り合いとランチをするためだ。二人でフレンチを食べている最中、彼女が言った。

「ハヤシさん、袖が……」

見るとひとつ折ったブラウスの袖から、ヒートテックがかなりの量のぞいている。ヒートテックの袖丈が長いことを忘れていたのである。

私は十年以上前のことを思い出した。ゆるい素材のニットを着て電車に乗った。立って吊り革につかまっていた。そしてしばらくして吊り革を見ると、ババシャツの腕が、にょっきり出ているではないか。ブルーのレースの袖口は、ニットがストンと落ちてしまっていたので丸見えだ。あんなに恥ずかしかったことはない。そろそろと吊り革から手をはずしたが、みんな見ていた。

そもそも寒がりというのは、デブの一大要因である。三十五度台しかない私。ショウガあんなに飲んでも変わらない。いつも本当に寒さに震えている。

やっぱりハワイに移住するしかないと、この頃真剣に考えている私だ。

喰い込まなきゃ

ついこのあいだ、若い官僚と飲み会をした。そのハンサムなことといったらない。

「ハヤシさんのために、選りすぐったのを連れてきたよ」

と上司は言ったが、イケメン揃いの上におしゃれなことに驚いた。流行のあご髭はやして、マガジンハウスの編集者と言っても信じるであろう。もちろんみんな東大卒の超エリート。

昔私が若い頃は、こういうエリートといわれる人は、ダサいか変わり者が多かった。某省のある男は、デイトが府中の競馬場であった。おまけに水虫がひどくなったからといって、五本指のソックスをはいていた。見た目もオヤジで、これでロマンティックな雰囲気になれ、という方が無理である。しかし彼は始終強気で、

「オレなんかよー、モテんだぞー」

とエバっていた。そして結局はすごく若い女の子と結婚した。その省庁にバイトにきていた女子大生である。その省庁というのは、代々○○女子大学と○○女子大学の学生が勤

めることになっているそうだ。どちらも名門女子大で、このバイトは外で公募はされない。先輩から後輩へと引き継がれ、かなりの確率でエリート官僚と結ばれることになっている。この話をある人にしたら、

「まるで年寄株みたいですね」

と感心していたものだ。

そして私はつくづく思ったのである。

「エリートと結婚するには特別の才能が必要なんだ」

まずそっちへ向かう嗅覚とコネ。そして何といおうか、外見はナンでもああいう男の人を好きになれる心。外見だけではない。エリートと呼ばれる人は、尊大な変わり者がとても多い。何年か前、本当に性格もヘンで、見た目もババっちいおじさんに、私の友だちがとびつき結婚した。

「あの汚いところが可愛いの。変わってる性格がいとおしい」

とか言うので私は心底驚いたものだ。こんなヘンテコな男の人を、東大出ていてエリート、というだけで愛することが出来るなんてすごい。自分の妄想の中で相手の男をつくり上げているのではないかと思ったものだ。結局友人は離婚し、

「どうしてあんなヘンな男と結婚したのか」

と今ではツキモノが落ちたようだ。

が、そうしたことも昔の話。

今、エリートだからといって珍重する女などめったに見ることはない。私のまわりはバリバリ働いている女性が多いので、

「ああいう人と結婚するとめんどくさそう」

という空気が強いのである。

そしてエリートと言われる男の人たちも変わった。上司に聞いたところ、以前のように上役が勧めるまま、金持ちや名門の令嬢と見合い結婚する人などいないそうだ。

「このお嬢さんと会ってみる気はないか」

と写真を見せようものなら、パワハラの一種と見られるという。おせっかいおばさんの私は、よく若い男性や女の子をひき合わせる。今まで成功例はふたつだけ。

私は反省しているのである。

「エリートで見た目まあまあなら、女の人はすぐにとびつく」

「若くて美人なら男の人はとびつく」

という古い考えを私は持っていたのではなかろうか。私のヘアメイクをやってくれているB子さんに、以前若いドクターを紹介した。

「すっごい美人ですね。もろタイプですよ。うれしいです」

と彼の方はすぐメールをくれ、その後何回かデイトしたようだ。しかしB子さんの方は、

「あんまりピンとこなかったし……。友だちは相手はお医者さんなんだから、いいじゃんいいじゃんって言うんですけど、私、それでとびつく女じゃないし」

ということで、それから地元で同級生と〝出来ちゃった婚〟をした。まあこういうB子さんのような人がこの頃は主流だろう。

男の人が大好きな女子アナにしても、昔はたいていお医者さんとか商社マン、それからプロ野球選手全盛の頃があり、今は同僚とかが多い。みんなが自分が仕事しやすい人、パートナーとして気楽な人を選んでいるのではなかろうか。

ところでおとといは、テレビ局の人たちとお酒を飲んだがとても楽しかった。

私の属する出版業界の人たちというのは、みんな暗い。テツオなんか後ろに人魂が浮いているかと思うぐらい暗い。たまに「明るくて面白い人」という人もいるがテレビ局の人に比べるとずーっとトーンが低い。やはり活字を相手にするのと、芸能人を相手にするのとはこうも違うかと思うほどだ。その飲み会の中で、ものすごいハンサムなプロデューサーがいた。「モテそう」とつぶやいたら、やはりすごいそうだ。妻子持ちだが、八股かけているんだと。

ヘンなエリートを愛せるのも才能だけど、こういう浮気男を許せるのも才能かもしれないと思った私である。

いずれにしても、いずれはみんな誰かと結ばれる。世の中には何百万という組み合わせがある。ヘンなのにひっかかるのも不幸だけどその組み合わせにひっかからないのはもっと不幸。みんなとにかく喰い込みましょう。

もうなんとかして!!

痩せない、痩せない。

ちょっと体重が減ったかと思うと、すぐに元に戻る。

このあいだは、スーパーで買物をしていたら、おばあさんに、

「ハヤシマリコさんでしょ」

と話しかけられた。はい、そうです、と答えたら、

「まあ、大きい人。こんなに大きい人とは思わなかったわー」

だって。大きい、というのは太っているという意味だと思う。

いつもあんたは、ダイエットのことばかり書いて……と言われそうであるが、デブに関しては新発見がいろいろある。

ついこのあいだのこと、新橋演舞場にお芝居を見に行った。すると準主役級の有名女優さんが着物を着ているのであるが、ものすごく太っている。黄色と黒との着物だったのでますますデブに見えた。彼女が出てくると、客席からざわめきが起こった。

「すごーい……」

「なんて太ったの……」

昔は確かにほっそりしていた女優さんであった。が、年と共にどんどん太ってきたのであろう。私はとても人ごととは思えなかった。なぜならこの女優さんはとても素敵な方で、食べ物関係の雑誌に面白いエッセイを連載している。読んでいると、キャンディーやスーパーのおでんがやめられないそうだ。ものすごく食いしん坊で、有名店からB級グルメまで気に入ったものはガンガン食べていく。

その結果が、団体でバスでやってきたおばさんたちからの、

「〇〇子、太った……」

というどよめきになるのだ。

よーく観察していると、この女優さん、正面から見ると、それほど太って見えない。しかし花道へと進み、横から見ると巨体ぶりがわかる。私の友だちが傍でささやいた。

「人間の体って、前後で太っていくものなのね……」

そう、私も同じ。毎日鏡に向かっているとそんなにデブになったようには見えない。正面からしか自分を眺めないからだ。しかしこのあいだのように垂直な場所に鏡があると、自分の体の太さがしみじみわかるのだ。いや、しみじみ、なんていうもんじゃない。あれはまさに恐怖であった。

最近私は鏡で横からのスタイルを厳しくチェックするようになった。なぜかというとかなりの確率でスカートのジッパーが上にいかない。よって途中までにしておく。痩せた人

にはわからないと思うが、ここでデブの悲劇が始まるのだ。どういうことかというと、ちゃんと上まであげないと、シルエットがすごくおかしくなる。後ろが上がって、スカートの前がでれっと長くなるのだ。また短いトップスを着ると、

「ファスナー途中まで」

がしっかり見えてしまう。そのことをやっぱり太った友人に話したら、

「あら、私はいつもこうしてるのよ」

半分しかジッパーが上がらないウエスト部を、三角形に中に折り畳んでくれた。

「こうすれば、ジッパーが途中までってわかんないのよね。デブの知恵よねー」

だって。しかしここで私たち慰め合ってどうするんだ。

ところで話は全く変わるようであるが、作家は妄想で食べていく人たちだと思う。中には現実をそのまんま書く人もいるが、それには限界がある。

ある女性作家が、

「恋愛をもう思い出話でしか書けなくなったので離婚を決意した」

と書いていてびっくりしたことがある。それなら若い時にしか恋愛小説を書けないということではないか。そこへいくと私なんかすごいすよ。ちょっとしたお誘いやジョークを全部自分の都合のいいように細工する。

昨年の春、取材で知り合った、俳優になれそうなくらいのハンサムなビジネスマンから、しょっちゅうメールが。

「毎日暑いですね。暑気払いにシャンパンでもいかがですか」

これは断った。夏は着るものが薄くなりデブがばれるからだ。

「松茸はお好きですか。松茸のパスタを出してくれるイタリアンを見つけましたが、いかがですか」

これも断った。なぜなら夏よりももっとデブになったからだ。しかし彼は諦めなかったみたい（!?）。

「河豚の季節ですね。今度河豚料理をご一緒しませんか」

これも断った。なぜなら秋よりもさらに私のボディはパワーアップしたからである。

そしてこのあいだは別の男友だちとご飯を食べた後、酔ったついでに、

「またおごってもらってもいいよね。元カレだもん」

とメールし、最後に（笑）マークをつけたのであるが、あちらからは、

「〝元〟じゃないよ」

だって……。が、こんなことぐらいで喜び進展はなし。そして決心した。もう自力では痩せられない。やはり肥満専門クリニックに行こう。

おしゃれの上流社会

デブから脱却出来ないまま、お買物に行くのはつらい。サイズが上がっているからだ。

最高のお買物シーンというのは、ダイエットがうまくいき、

「ウソー、これも入っちゃう」

と言うぐらいふつうサイズのものものぴったりフィット。おまけにちょうど出したばかりの本がベストセラー。印税がどんどん入ってくる……、なんていうのが理想だ。が、こんなことはもう夢の夢。私はデブのまんまだし、出版界は構造不況である。

ところで、四月一日は私の誕生日。アニバーサリーとあってパーティーが開かれることになった。

発起人のひとりが元アンアン編集長で、今超売れっ子プロデューサーのホリキさん。

「うんとおしゃれなバースデーパーティーにしましょうね」

ということでいろいろ準備してくれている。場所は西麻布のフレンチレストラン。私も大好きなところだ。

ここで姿月あさとさん（ズンコさん）が一曲歌ってくださることになっている。姿月さんのことは、このエッセイでもさんざん書いてきた。そう宝塚ファンでなかった私を、夢と恍惚の世界にひきずり込んだ人だ。この姿月さんと二人、ミュージカルを演じた日々のことは生涯忘れまい。

ホリキさんが頼んでくれて、三人で打ち合わせをすることになった。姿月さんが、

「どうせなら、マリコさん一緒に何か歌いましょうよ」

ということになったからだ。しかしみんな私とのデュエットを聞くよりも、姿月さんひとりをじっくり聞きたいはずだ。よって姿月さん一人で「すみれの花咲く頃」を歌っていただくことになった。

おりしも今年（二〇一四年）は宝塚百周年。歴史に残るトップスターであった姿月さんは、いろんなコンサートやイベントがめじろ押しで、ものすごく忙しいはずだ。それを私のためにパーティーに来てくださるのだ。本当にありがとうね。

そして打ち合わせが終わった後、ちょっと時間があった。銀座も近いことだし、ということで三人でショッピングに出かけることにしたのだ。パーティー用のドレスも欲しいし。

「ドルガバがいいな」

と私。いつもは入りづらいハイブランドであるが、おしゃれ番長と美女の姿月さんと一緒なら怖くないワ。

そんなわけで三人でお店に入ると、ちょうど初夏のものがどっさり入荷していた。可愛

いレースのワンピースや、花柄のブラウスが並んでいるが、私には絶対無理だとひと目でわかる……。

しかしあちらの棚に素敵な籐のバッグが並んでいる。

私と同じようにデブの友人が言ったものだ。

「私がどうしてこんなにバッグが多いかというと、入ったお店でサイズがない。でもどうしてもナンカ欲しいし、買わないでお店出るのは気まずいという時に、ついバッグ買っちゃうのよねぇ……」

そう、洋服は買えずともバッグは買える。何よりもこの籐の可愛いことといったら……。

私のおしゃれの師匠であるホリキさんもきっぱり。

「この籐のバッグは買うべきね。ドルガバは小物も可愛いからあっという間に売り切れちゃうわよ」

そして私に生成りと白のバッグを持たせ比べてみる。

「やっぱり生成りの方がいいかも。夏っぽいし」

しかしまだ迷う私にこうトドメを。

「あと十日で消費税アップよ」

確かにそのとおりだと、私はカードを取り出した。

そして姿月さんはといえば、パンツを試着中であった。そのパンツは裾が広がっているやや光る素材である。このタイプがどれほど着こなしがむずかしいかおわかりであろう。

しかし、見よ、元宝塚男役トップの実力！　すらりとした長身、信じられないぐらい長い脚の姿月さんに、そのパンツはぴったりなのである。本当にカッコいい。ドルガバのパンツも、このような人に着られたらどんなに幸せかと思うほどだ。

姿月さんもそのパンツをご購入。

「マリコさんのパーティーに着てくかも」

だって。このあとコムデギャルソンがつくったセレクトショップのビルに入った。銀座にこんなお店があるのを知らなかった。おしゃれ上級者のための最新のお洋服がいっぱい。姿月さんは店員さんに「そのコートどちらのものですか？」と聞かれていた。私にはよくわからないブランドを言ったら、

「こんな風にモード系に着るなんて素敵ですね」

と誉められていた。ふーん、おしゃれの上流社会ってなんて深いんだろうとつくづく思う私。しかし私の、誕生日パーティーに着るドレス、どうするんだ!?

神さまからのシグナル

先日、テツオが珍しくご接待してくれた。アンアンの新しい編集長が決まったので、一緒に食事ということになったのである。

まだ若くて美人だ。滋賀というジミなところで生まれ、滋賀大学という超ジミな大学を出ていることにびっくり。私の知っているマガジンハウスの女性編集者は、東京生まれで、慶応とか上智を出ている人が多いからだ。でもすっごくおしゃれ。

今回のご接待でテツオが連れていってくれたのは、西麻布のアッピアというハデなところである。ここと南麻布のアッピアを、有名人のサファリパークと私は名づけた。芸能人や有名人がいっぱいふつうにいるからだ。いくらでも見られる。

このお店は、あの老舗、飯倉のキャンティから出ているので、同じようにワゴンに食材をのせてくる。そこには前菜や食材がぎっしり。お客はアドバイスを聞いてそこから好きなものを選び、メニューを組み立てる仕組みだ。

「そのフルーツトマトを使ってカプレーゼに、あたたかい前菜はイワシを焼いてください

ね。それからその牛肉のカルパッチョも」

と前菜を少しずつとり、その後で、

「メインはその仔羊を焼いてください。つけ合わせはズッキーニに」

とメインを注文するのだ。

ここで皆さん、私がパスタをオーダーしないことにお気づきだろう。そう、夜は炭水化物を極力控えている私。お店の人に、

「この頃パスタを頼まない人、多いんじゃないですか」

と聞いたところ、

「最近省かれる方は増えていらっしゃいますね」

ということであった。しかしテツオはヤーな顔をする。

「イタリアンに来たからには、ちゃんとパスタを頼め」

ということらしい。だからちゃんとボンゴレを食べましたよ。テツオと分けてさ……。

しかしこのアッピアの次の日、私はロブションで会食があった。そして次の日の夜は和食のフルコース。

うちの夫はいつも怒る。

「毎晩毎晩、よそで食べて飲んで帰ってきて、いったい何を考えてんだ」

私は反撃する。

「仕事なんだから仕方ないでしょ。人と会ってご飯食べるのは大切な仕事なんだから」

しかし体に赤ランプがついた。胃が痛くなってきたのである。

「これはひょっとしたら……」

考えるのは悪いことばかり。

先日、アンアンで健康の特集が組まれていたが、人間にとっていちばん大切なのは、健やかな体と心である。体ばっか元気になっても、心が痛んできたらどうしようもない。

私の親しい友人も、うつになってしまった。とても元気な人だったのに、この頃は寝てばかりいるそうだ。

思えば、いつも健康の綱渡りをしてきた私。肥満、ストレスという二大要素と一緒であった。この頃みんなが脅かす。

「あなたみたいに美食にかまけて、お酒飲んでいる人は、まず消化器系を疑った方がいいよ」

ということで、病院行こうと思うのであるが、やはり気がすすまない。病院を好きという人がいるわけはないが、私は大嫌い。特に胃カメラを飲むということになると、前日から具合が悪くなるほどだ。ゆえに人間ドックはもう二年行っていない。

「じきによくなるだろう」

と思っていたのであるが、胃痛は続く。夜なんかキリキリ痛くなる。想像するのは悪いことばかり。もし入院ということになったら、このアンアンの連載もばっさり切ってもらおう。それから新しくスタートするはずだったアレもコレもやめて……しかし貯金がほとんどない私は、ベッドの上でも少し書かなくてはならないだろうなァ。

とあれこれ悩んでいるうちに、私の誕生日パーティーが近づいてきた。パーティーは晴れやかに迎えたいということで、三日前の今日、胃カメラを飲みに行くことに。

何度でも言うように、私はこの胃カメラが大嫌い。私は昔から喉がとても弱く、大人になるまで丸薬も飲めなかったほどだ。胃カメラを飲む時、軽い麻酔をかけてもらうのであるが、あまりの痛さと恐怖に、思わずひィーっと叫んだぐらいだ。

しかしこの頃、鼻でやる胃カメラがある。鼻の先からするする胃まで通してもらうのだ。前に一度やってもらったらとても楽であった。今回もそれでやってもらうことにする。

しかし洋服を検査衣に着替え、待っている間は胸がドキドキだ。計ってもらったら血圧もぐーんと上がっていた。

ベッドに横になり、鼻の先から管が通される……そして私の胃は何もなかった。よかった、よかった……。

帰り道私は思った。この胃の痛みは神さまからの「食べ過ぎ注意」のシグナルなんだ。ホントに健康がいちばん。私はやっぱり肥満クリニックに行こうと決心。胃カメラもイヤだけど体重量られるのがイヤで、デブになってから人間ドックをパスしてたんです、実は……。

誕生日の決意

四月一日は私の誕生日。

ひとつ星レストランに、編集者や友人が集まりバースデーパーティーをしてくれることになっている。

そのためのドレスを買いに行かなくてはいけないと思っていたのであるが、なにしろこのところデブが治らない私。サイズがなくていまひとつ買物意欲がわかないのだ。

しかし考えた。

「明日からは消費税アップ。そお、何か買わなきゃ」

友人からも電話がかかってきた。

「いったい何着るの？　一緒に買いに行ってあげるわ」

ということでプラダ青山店で待ち合わせをした。いろいろ試着したのであるが、どれも悲惨なことに……。何を着てもお肉がはみ出してしまうのである。

「いっそのこと、光りモンのブラウスとスカート、っていうテもあるかも」

と友人は言ってくれたのであるが、そのブラウスの前ボタンがかからない。

「これならどうですか？」

とお店の人が持ってきてくれたのが、薄いシルクジャージー素材のワンピース。これなら似合うわ……。いえ、なんとか入るわ。

ちょうどお店は、マネキンのコーディネイトをやっていた。スタイリストっぽい男性に店の人が二人、いろいろ着せたり脱がせたりしている。肩にふわっとスカーフを羽織らせたり、マネキンに服を着せるって大変なことなんだ。

「すみません……、お買物中に騒がしくて……」

店員さんが恐縮するが、謝りたいのはこちらの方である。

これだけ知恵とセンスを絞って、お洋服のコーディネイトをやっている最中、目の前にデブのおばちゃんが自社の服を着て通り過ぎたら、どんなにイヤな気分になるだろうか。お腹のあたりは生地が喰い込んでるし、ノースリーブからの二の腕はたっぷんたっぷん。やる気が失せるのではないだろうか。

すまなさのあまり、私はこのワンピをお買上げ。ついでに今年流行のボタニカル柄スカート、それからシャツブラウス風ワンピ。あいにくシャツブラウス風のワンピはサイズがなく、他店からのお取寄せとなった。ブラウスもひとつ上のサイズを頼んだ。しかし考えてみると、私のところに着く時は四月を過ぎている。しっかりと消費税八パーセントはついているということになる。

さて、そのシルクジャージー素材でVネックのノースリーブワンピースであるが、パーティーの時はさすがにそのままでは着られない。

「透けるスカーフ、用意しといてね」

というアドバイスで、ちゃんと持っていきましたよ。

そして安全ピンを使って、実にうまく肩や二の腕をおおってくれた。

それにしても誕生日につくづく思う。今までどれだけお洋服にお金を遣ってきたことかと。毎シーズン毎シーズン、いっぱい買ってはデブになり、すぐに着られなくなってしまう。私の人生その繰り返しではなかったろうか。あぁ、空しい……。そして私はおしゃれになれないまま。ただの買物好きの女になっていくのね……。

さてパーティーは本当に楽しかった。ここでは言えませんが、さる大スターの方が飛び入りでいらして、ギターを弾きながら、

「ハッピー・バースデー」

を歌ってくださったのである。

料理もおいしいし、人もわんさか。演《だ》しものいっぱい。みんな口々に、

「こんな派手な楽しいパーティーは初めて」

と言ってくれたのだ。

そして最後に江原啓之さんが、こんなスピーチをしてくれた。

「毎年やっている開運ツアー、あれは十二年前の〝香港強欲ツアー〟がきっかけでしたよね。あの時は楽しかったよね。ひとつのお店に三十分以内しかいなくて、いっぱい買って、

ホテルに届けてもらって。本当にすごかったですよね」

そう、あの時のことを思い出した。お洋服にバッグに靴、買って買って買いまくったっけ。もうこれで終わり、と思った時、江原さんがホテルのアーケードの宝石店のウインドウを指さして言った。

「ハヤシさん、このネックレス、ものすごいパワーが宿ってる。これは絶対に買った方がいいよ。特に男の人とデイトする時は、必ずしていってね」

それは水晶のネックレスであった。まるで氷砂糖のような大きな粒は珍しく、そう高い値段ではなかったのですぐに買ってしまった。その後デイトの時にしていったが、何ごとも起こらなかった……。まあ、そんなことはどうでもいいとして、私の中に大きな力がみなぎってきたのである。

「そうよ、私の生きる基は、すべてお買物とおいしいものを食べることじゃん。また稼いでお金貯めて、香港へ行こう。いいえ、パリでもいい。そうよ、思いっきり楽しむのよ」

と決意をあらたにしたのである。

今年も江原さんと二〇一四年の開運ツアーに行ってきた。パワースポットは秩父神社。その理由は次で詳しく。

裏切ってひどい！

江原啓之さんと行く、恒例の開運ツアーのことは何度も書いてきた。

江原さんが、

「今年はここ！」

と決めてくださって、その神社におまいりするのである。以前は出雲大社や宮崎の神社などに一泊で出かけていたのであるが、このところはみんな忙しいこともあり、日帰りで行けるところとなった。

しかしロケバスで行くこの旅は非常に楽しい。お菓子を食べながらぺちゃくちゃお喋りをする。そしてあちらに到着したら、江原さんからいろいろレクチャーを受けることが出来るのだ。

毎年これに参加するのは、私とホリキさんであるが、特権としてその時のアンアンの担当編集者が同行出来るのだ。ホッシーや独身ハッチなどは、毎年これをとても楽しみにしていた。

が、今年はちょっと事情が違う。

私がお手伝いをしている、被災地の子どもたちのための団体が主催する、チャリティ・コンサートが開かれたのが三月十一日のこと。その時にやはり同じ会場でチャリティ・オークションが行われたのである。

ヒトがらみの出品が多かった。

たとえば、

「超有名ピアニスト横山幸雄さんに、自宅でピアノを弾いてもらう権利」

「秋元康さんとディナー・ミーティングをする権利」

が次々と高値で落札されたのである。

「林真理子をホームパーティーに招ぶ権利」

というのも、すんごい値段で落ちた。本当にありがとうございました。

が、それよりももっとすごいお金を集めたのが、

「江原啓之さんと開運ツアーに行く権利」

というやつだ。なにしろ五人の方が、高い値段をつけてくれたのである。

というわけで、今回私が同行したのは、そういう方々の接待も兼ねている。

表参道にみんなで集合。そして向かったのは秩父神社である。江原さんがおっしゃるには、ここはとても格式が高く、パワーが強い神社だという。

「芸能の神さまも祀られているので、ハヤシさんのようにクリエイティブな仕事をする人

はぴったりですよ」

　ということであった。

　そして例によって、みなさんに神社でのマナーについてレクチャーしてくださった。まずお手水舎《ちょうずや》で、

「ひしゃくの柄をこう持って、まず左手を洗い、次は右手、そして左手に水を受けて軽く口をすすぎます……」

　いっせいにみんなそのとおりにする。

「それから拍手《かしわで》をうつ時にはコツがあるんですよ。音で神官さんにはクロウトかシロウトかわかります」

　へえー、そういうものなのかと、みんな再び両手を前へ。

「こうして左手のくぼみに、少し隙間をつくり、そして右手でパシン。するといい音が出るでしょう」

　なるほどと、みんなパチンパチン鳴らしながら本堂へ。ストーカーみたいな人が来たらどうしようかと思っていたのだが、全くそんなことはなかった。みなさん感じのよい、おとなしい江原ファンばかりである。一人の方はこのために、わざわざ岐阜から来たという。

　玉串を捧げ皆で参拝。私の願いごとであるが、もう恋したいなんて言わない、思わない。健康とそれからもうひとつ、

「ダイエットがうまくいくように」

ということだけである。

実は三日前からかなり頑張って食事制限している私。しかし江原さんが連れていってくれたのは、秩父名物のおそば屋さんであった。一度行ってとても気に入ったそうだ。

「ここはシイタケの天ぷらが、とてもおいしいんです」

ということで、クルミそばの他に、シイタケとふきのとうの天ぷらをいっぱい頼んだ。

確かにとてもおいしかった。この日は道の駅でソフトクリームを食べたりしてしまったが、その日は夕飯を抜いて反省した。

そして今日、隣の奥さんと久しぶりにお茶をした。正確に言うと、隣のマンションに住む奥さんということか。彼女とはとても仲がよく、映画や吉本のライブによく一緒に行っていたのであるが、このところ私があまりにも忙しくて、ちょっとご無沙汰していたのだ。久しぶりに会ったらびっくりした。彼女も体重に悩んでいる人だったのに、ぐっとスリムになっているではないか。

今まで二人で行き、二人で挫折していた駅前のジム。そこへ一人で毎日行っているという。

「私ね、今年は働くつもりで、痩せることに専念することにしたの」

専業主婦っていいなァ、と思う時はこんな時である。同時に、

「私を裏切ってひどい……」

と恨み言を言った。

お変わりありました？

お客さまが来るので、デパ地下でしゃぶしゃぶのお肉を一キロ買った。それを持って電車に乗った。片手で紙袋を持ち、もう一方の手で吊り革を持っていると、じわじわと重みが伝わってくる。

そして思った。

「一キロ痩せるって、本当にすごいことなんだ……」

それを持って駅から坂道を歩く。

「そうだわ私って、いつもこの荷物を十個から十五個持って動いているようなものなのね」

そう思ったとたん本当にきつくなり、ぜいぜいと息を切らしてしまった。

ついこのあいだのこと、友だちが会うなり、

「これ、A先生からことづかってきたよ。ハヤシさんに渡してくれって」

A先生というのは、肥満専門のクリニックのお医者さんである。ここに通うとあっという間に十キロ痩せる。が、行かなくなって太る、の繰り返しであった。

私としてはもうそろそろ限界なので、Aクリニックに行こうと思ったのであるが、忙し

友だちの顔が急に変わったら
どうしたらいい？

さのあまりかなわない。ところがこの先生と、パーティーやいろんなところでばったり会うのである。そのたびに、

「あっ、先生、すみません。近いうちに必ずうかがいます」

としどろもどろになると、

「もー、いいですよ。ハヤシさん」

と、このあいだは気のない返事。

「おいしいもの食べて楽しそうだし。もー、いいんじゃないですかァ！」

と先生に見捨てられたと思ったのであるが、このやさしいプレゼント。

ものすごく痩せるんだって、このサプリメント。ふたさじお湯に溶かして飲む。するとお腹がいっぱいになって食べなくても平気になるんだそうだ」

という口上つき。

昨日はエステの人が、

「ハヤシさん、うちで始めた、絶対に痩せるスリムマッサージ、次から試しませんか」

と声をかけてくれた。

私がエッセイに書くせいもあるだろうが、日本でいちばん肥満のことを心配してもらっている女という気がする。みなさん、ありがとうございます。

さて話は変わりますが、私は女の人を若くイキイキと見せる二大要素は髪と肌だと思っている。もちろんスタイルがいいに越したことはないけれど、トシとってがりがりでゴボ

ウみたいになってしまった女性は多い。こういう人に限って、自分はものすごく若く素敵に見えると自惚れている。

私はいきつけのサロンのおニイちゃんから（一人しかいない店です）、

「ハヤシさん、ものすごくいいヘアケア入れたから試してみて」

と言われ、この頃毎週一回やっている。高周波を流したコームを頭皮にあてながら栄養を入れるというもの。おかげでこの頃、髪がサラサラツヤツヤになったみたい。

終わると、

「天使の輪っかをつくっといたよ」

と必ず言ってくれるのも嬉しい。

そして肌の方は、このところ再生プログラムがすごくうまくいって、なんだかこわくなるぐらいピッカピカ。

「どうやったの？　紹介して」

という声が多く、そういう方たちを分けてサロンにお連れするのも私の役割。

これで痩せてドレスが似合うようになったら最高なのであるが、まあ世の中うまくはいかない。

このあいだのこと、テツオから連絡があった。久しぶりに夜遊びのお誘いだ。

「オグロさんが銀座に店を出したから、オープニングパーティーに行こうよ」

オグロさんというのは、以前マガジンハウスのブルータスの編集者だった。なんといおうか東京一の遊び人。バブルの頃、この人にくっついていくと本当に楽しい思いをさせてもらったものだ。

その彼がワインとおいしい料理の店を出したという。しかも会員制で特別のキイカードを持ってないと入れないんだそうだ。私はデブを隠せそうなピンクのサテンの、プラダのジャケットを着ていった。これは色とかたちがあまりにも可愛いので、

「えー、これ、どこの？」

とみんなの視線が上着に集中し、中身には無関心になるという素敵なよそゆきだ。そしてテツオと一丁目に近いお店に行ったらパーティーはたけなわであった。有名人もいっぱい。みんなシャンパンを飲み騒いで、私はバブルのあの頃を思い出した。毎日がお祭りみたいで本当に楽しかったよなァ……。

そうしたら何人もの人から、

「ハヤシさんってまるで変わってないね」

という嬉しいお言葉が。しかし顔がまるで変わっていた人にばったり会った。ああいう時ってどうしたらいいんだろうか。

「キレイになりましたね」

だとおかしい。見て見ないふりをするのも失礼。いっそ気さくに、

「どこのクリニック？」

なんてのもダメか……。変わらないいってやっぱりすごい誉め言葉かも。

ディテールの季節到来

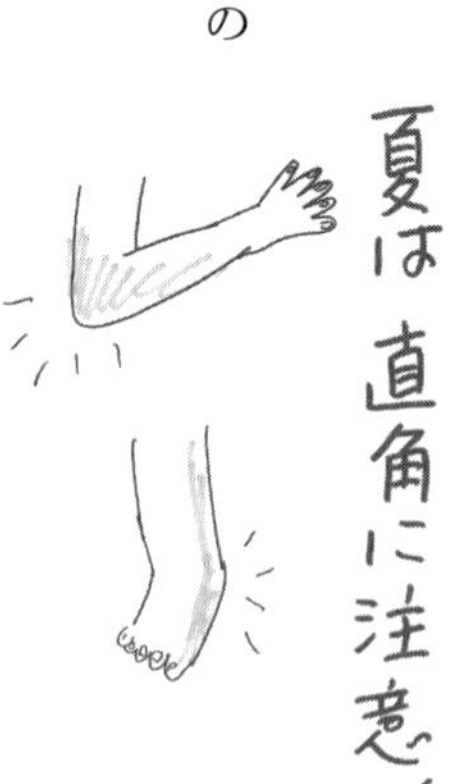

夏がどんどん近づいてきた。

テツオと一緒に、銀座のカズコの店で飲んでいたらバカンスの話となった。

「おねーさま、夏は絶対にバスクにしましょうよ」

とカズコ。

「世界中いろんなところをまわったけれども、スペインのバスクが最高だったのよ」

二年前（二〇一二年）、「美女入門」のムックをつくるためにドバイへ旅立ったことは、既に何度もお話ししたと思う。その時、成田空港で、男性のツアーアレンジャーM氏と会った。

「はじめまして」

「よろしく」

と挨拶した時、ややそれっぽいなァとは思っていた。が、彼が変身したのはドバイからヨルダンに行く途中。車の中で突然、

「おねーさま、これから私を妹にして！　カズコと呼んで！」

と叫んだのである。それから銀座にお店を出し、ものすごい繁盛ぶり。あっという間に二倍の広さになり、シェフも雇っておいしいイタリアンまで出すようになった。

「よっぽどあくどいことをしてるんじゃないの」

とからかったけど、ここのお店はとてもリーズナブル。二人で飲んで一万円でおつりがくる。会員制ではないけれど、知り合いじゃないと入れない。キャリアのある女性たちがカズコを慕ってカウンターに集まるのであるが、ここでいろいろ女として大切なことも教えてもらうらしい。たとえば隣に座った男性グループからのお酒のおごられ方、それから品のいい悪口の言い方なんかだ。

　みんなの人生の指南役となったカズコが、

「世界でいちばんいいところはバスク」

と言いきるからには間違いないであろう。

「あの写真集（本当はムック）のＰＡＲＴ２はバスクでやりましょうよ。ねっ！」

とテツオにもちかけるが、彼はうかない顔。そうね、あんまり売れなかったもんね。ごめんね。

「こうなったからにはセミヌードだ」

とふざけて言う。しかし、もうこういう冗談にのるには、年をとり過ぎてるし、肉もつき過ぎてるワ。

「ダメよ、いろいろお手入れに半年はかかるから」

と答えた。

夏はディテールの季節である。私は四月の声を聞くと、いつもよりいっそう肘やかかとのお手入れに励む。そんなディテールよりも、全体のことを考えろ、という声も多いが、そういうのは無視する。

かかとは専用のケアブラシでこすり、その後化粧水とクリームを塗っておく。肘にはもらいものの美白美容液をたっぷりと。これは職業上のつらいところであるが、物書きは肘がこすれることが多い。よって黒ずんでしまうのだ。これがとても気になり、いろんなものをつけまくっているのであるが、どうも改善しない。この頃はスクラブと組み合わせることにした。

かかとの方も一生懸命にやる。今のままではとてもじゃないがサンダルをはけない。かかとが冬からの白いかさつきを持ったままなのである。

何年か前のことであるが、人のおうちで食事会をした。夏のことだったのでみんな素足であった。その時私は、ある女優さんのかかとや爪をすぐ間近で見たのである。感動した。美女というのは、こんなディテールも美しいものなのか！

かかとはつるつるしているし、ペディキュアも完璧だったのである。本当になめちゃいたいぐらいキレイなかかとであった。よく映画のベッドシーンで、男の人が女の人のかかとやふくらはぎをなめたりするけれども、私には絶対ありえないこと。もしそんなことがあったら死んでも拒みますね。

私の若い友人も、足にコンプレックスがあるので、

「私には一生あんなことない」

と言っていた。そういう最中も、彼に見られたくないんだそうだ。

「足にマメとウオノメもいっぱいだし、かかとはざらざらだもん」

が、このあいだものすごく評判のいいフットケアに行き、ウオノメもとり、かかとも削ってもらった。その後、一人でカフェでお茶を飲み、サンダルごしの自分の足を見たら、

「うれしくて涙が出た」

んだそうだ。その気持ちすっごくわかるなァ。私なんか他に削ってほしいところいっぱいだけど、やっぱりわかる。ディテールは女の劣等感や思惑がギュッと凝縮されるところなんだもの。

ところで昨日、私は東宝撮影所に行った。某大スターのミュージックビデオに出演するためである。六月には人気ドラマの出演も決まっている。

私は女優になるつもりはない。しかし自分で言うのもナンであるが、私のこの魅力と存在感に、やっとみんなが気づいてくれたのではないだろうか（おいおい……）。最近、首に魔法の美容液を塗りその日に備えている私である。

旅は〃おしゃれ合宿〃

明日からロサンゼルスに旅立つ私。あちらの日本人の方々に向けて、講演会をするのである。

出発は成田ではなく、羽田からの深夜便である。こうなると着ていくものもぐっと変わる。すぐに眠るわけであるから、シワになっても大丈夫なカジュアルなものを着て飛行機に乗り込む。といっても大人がまさかジャージーを着るわけにはいかない。デニムというのも寝ていると窮屈になってくる。というわけでフレアースカートとかやわらかい生地のパンツが多いかも。

たいていの場合、私はジャケットを着ていって、機内でカーディガンに着替える。そして本を膝に置いて、赤ワインかウイスキーを一杯もらうとこれで準備完了。眠るのを待つだけだ。

そしてあちらに到着する。近場ならともかく、アメリカやヨーロッパに飛ぶと、機内から降りてくる時というのはよれよれ。しかしジャケットを羽織れば大丈夫。一応しゃきっとした感じになるでしょ。

といっても、私はこれだけ世界中を旅行していても、いつまでたっても〝着まわし上手〟というのにはなれない。元ＣＡの友人なんかと旅行すると、同じ大きさのスーツケースなのに、毎日違うもんが出てくる。びっくりしてしまう。よく見るとスカーフやパンツを活用しているが、シワにならないワンピースやスカートもどっさり。

そう、痩せた人って、ああいうジャージー素材のドレスが似合うからいいですね。私なんかが着ると妊娠八ヶ月ぐらいに見えてしまう。

それから旅上手の人が愛するアイテム、白パンツというのも私にとっては鬼門である。まずあんなもん着られない。そうかといって、三×一×さんの〇リー〇プ〇ーズみたいなのもちょっと……。あれは折り畳めるし、旅にはものすごく重宝である。モデルみたいな人が着ると、違ったものになってステキなんだろうが、ふつうの人が着るとほとんど、

「ひとクセあるおばさん」

になってしまうから困る。

ずっと前、イタリアのレストランで、世界地図をプリントしたあれを着て、食事している中年女性を見たことがある。ふうーむ、インパクトはあるけどなぁ……という感じであろうか。

若い女の子だとやっぱりワンピースが可愛い。日本の女の子は肌が綺麗だし二の腕も細くて、俄然注目の的である。旅慣れているコだと、現地で買ったらしい髪飾りなんかつけて本当に素敵。

最近中国や韓国に押され気味の日本の女の子であるが、彼女たちよりもまだまだずっとポイントが高いことがある。

それは何であろうか。

買物中の姿がおしゃれであるということだ。銀座でよく見てほしい。朝になるとバスが到着して、あちらの人たちがどやどやと降りてくる。そして海外ブランド品や日本の化粧品を買っていく。しかし、

「どうしてこんなコたちが、PRADAにやってくるんだろう」

と思われるような女の子たちが多い。みんな化粧っ気なしで、型の古いデニムにカーディガンだ。

香港でもパリでもミラノでもそう。この頃は他の国の女の子も頑張っているというものの、やっぱり日本の女の子の、連れ立って買物するスタイルは可愛くてカッコいいのである。流行のポイントをちゃんとおさえているし、ブランド品も浮いていない。

そして二人か三人で地図を眺めている姿が、ちょっと恥じらいがあって、やっぱり他の国のコとは違うんだよなァ、と思うのは身びいき過ぎるか。

だけど、この頃増えたカート。あれをごろごろさせてサマになっているのは、現役CAの人たちだけだ。よく体から離して腕だけでひっぱっている人がいるけど、ああいうのは本当にやめてほしい。人混みの中でやられると危険である。

私は十五年前から、パリで買ったゴヤールのスーツケースを愛用している。いいスーツ

ケースだと、旅の服もその格に合ったものを、と思うから不思議だ。

サムソナイトとデニムというのは、とてもいい相性ではあるが、大人になったらちょっと背伸びをするのもいいかも。そう、エコノミークラスから、たまにでもビジネスクラスに乗るようになったら、旅の服はがらっと変わるものである。いくらラクチンだからといって、汚い格好をしてはいけないと自然にわかるようになる。

ああ、こんなことを書いていたら、仕事じゃない旅に出たくてたまらなくなってきた。このあいだも話した「スペインバスクの旅」、写真集PART2は無理そうなので、自腹で行こうといろいろ計画をたてている。

その前に仲よしのホリキさんと中井美穂ちゃんとの、

「ソウル買物とミュージカル三泊四日」

というツアーもある。あの二人のおしゃれ番長は毎日とっかえひっかえ着替えてくる。頑張らなければと、今から気を引き締めている私だ。そう、女友だちとの海外旅行は最高のおしゃれレッスンである。

弾丸出張 in LA

久しぶりにロサンゼルスに行ってきた。

ここで講演会をするのは三回めである……。と言うと、誤解する人がいて、

「えー、ハヤシさんって、そんなに英語うまかったの?」

なんて聞く人がいる。もちろん日本人相手ですよ。今回も日本人会に招かれたのである。有難いことに今回も会場は超満員。チケットが即売り切れたそうである。そして嬉しいことに、このあとのサイン会もずらりと人が並んでくださった。それがみんなキレイな人ばっかりじゃないの!

「私、六十歳なんですよ。孫もいます」

と言う人がいて、私は腰が抜けそうなぐらいびっくりした。どう見ても四十二、三にしか見えない美女である。顔に皺ひとつないし、お目々もぱっちり。もちろん〝お直し〟しているんだろうが、リフティングしている不自然でおっかない感じはない。

そしてこの方のえらいとこは、スリムで完璧なプロポーションを保っていることだ。流

行の花柄パンツをはいていらしたが、長〜い脚にフレアのシルエットがよく似合っていた。横から見ても、ぐっと上がったヒップといい、ノースリーブの二の腕の細さもどう見ても四十そこそこ……。

日本でもよく、お顔をひっぱり上げている人がいるが、猫背だったり、体型が年寄りくさかったりする。が、この美女は、顔もすごいがボディもすごい。どれだけの努力をしてこの美を保っているのだろう。そうかといって、日本の美魔女につきものの痛々しい感じはない。

「おそるべし！　世界進出女性」

と私は感じ入ったのである。

若い頃、ニューヨークやロサンゼルス、パリ、ロンドンといった主要都市に行くたびに、私も世界で暮らす人間になりたいと思った。狭い日本なんか飛び出して、どこかの都市で生きる。そしてあちらの大富豪に見初められて結婚。やがて可愛いハーフを産む……というのが私の夢であったが、語学が出来ず、その覇気も薄れ、ずるずると過ごしてしまった。けれどもロサンゼルスで出会った女性たちは、みんな雄々しく海を渡った人たちである。もちろんご主人の赴任に伴って、という人もいっぱいいたけれども、たいていがこちらに留学してそのまま働いている女性。弁護士さんだったり、起業して女社長だったりと、キャリアを積んだ女性ばかりだ。

サイン会はみなさんご自分の人生について、ちょっとお話しくださったりするので、なんと二時間もかかってしまった。私はこういう元気な女性が大好きなので、かえってひきとめていろいろ聞いてしまったほどだ。

ところでロサンゼルスの町であるが、昔私が来た頃と随分変わってしまった。リトル・トーキョーの象徴のようなニュー・オータニホテルはなくなってしまったそうである。

以前だったらロデオ・ドライブに行き、海外ブランド品をあれこれ物色するのであるが、円安のために日本と比べて高いぐらい。

「まだ日本に入ってこない面白いものを教えてください」

と現地の方にモールに連れていってもらった。いちばんのお勧めは日本にはまだ直営店がない「ヴィクトリアズ・シークレット」という下着屋さんであった。ものすごく可愛いショーツが五枚で二十五ドル。私はひょう柄やドット柄をお土産に何枚も買った。ナイティやパーカもおしゃれで安い。ここのパーカは薄手のジャージーで、背中に天使の羽のプリントがあってとてもキュート。

しかしそれにしても、三泊の滞在中、お会いするのはすべて日本人。食べるのも夜はご接待で日本料理店、おまけに泊まったところも、新しく出来た日系ホテルである。

ここのホテルの売りは、和朝食のビュッフェである。たきたてのご飯にお味噌汁、焼いたシャケに温泉玉子、ヒジキに焼き海苔、納豆だってある。

「わーい、わーい」

と大喜びで食べてしまった。日本を発ったばかりだというのに、どういう心理であろう

か。このホテルのいいところはもう一つあり、

「マリコさん、このホテル、スパがすごくいいらしいわよ」

今回一緒に行ってくれた友人が最後の日の夜に言った。

「私、今夜一番最後の回に岩盤浴とアロママッサージの予約、二人分しといたわ」

そんなわけでさっそく出かけた。フロントにいる女性も、エステティシャンもすべて日本人。

私は世界各国でよくエステに行くが、うとうとしかけた時に、英語で質問されるというのはとても気が張るものだ。しかしここでの会話はすべてジャパニーズ。

「うっ、そこ、気持ちいい……」

「じゃ、もっと強くしますか」

あまりの心地よさに爆睡してしまい、終わりました、という声で起きた。

あー、なんてうまいマッサージなんでしょう。感動した私は思わず、

「来週もまた来ますね」

なんて言っちゃった。ここがアメリカだということをまるで忘れてたのだ。

やっぱり会いたい！

仕事柄、俳優さんやタレントさんにいっぱい会ってきた。

週刊誌の対談のホステスをしているので、旬の方にもおめにかかることが出来る。たいていの場合、あちらは映画や新番組のパブリシティのためである。

そんなわけなので、お相手も、

「仕事だから、このおばさんに会っとくか……」

というノリである。

間違ってもケイタイの番号を聞かれる、なんてことはない。いつも言うグチだけど、そこへいくと男の作家っていいですよね。初めて会った女優さんに、

「やっと会えたね」

と声をかければ、相手はくらくらとしてすぐに大恋愛、結婚ということにもなる。ま、私はそんなだいそれたことを一度も願ったことはありませんよ。自分の身をわきまえているから。

だってハンサムな人といると、本当に緊張して身のおきどころに困る。つい四日前のことであるが、某大スターと会食することになった。どうしてこういうことになったかというと、私の友人が彼のマネージャーさんと仲がよくて、それならば……ということになったのだ。

場所は某有名お鮨店の個室。そお、スターさんと会う時の常識ですね。撮影の後に駆けつけてくれた彼は、スターのオーラをぴんぴん放ち、そのカッコいいことといったらなかった。初めて会うわけじゃないが、私は緊張してしまい大好物のお鮨が喉をとおらない(が、がつがつ食べた)。ワインをぐいぐい飲んでたら、すっかり酔ってしまった。この美しい男の人とふつうにご飯を食べたり、喋ったり、一緒のベッドで寝たりする人がいるなんて信じられない。彼は独身であるが、きっと恋人がいるはずだもの。

そういえば別の大スターと結婚している友人がいる。この大スターは、わりと年がいってから売れ出して、彼女と知り合った頃はふつうだったかもしれない。しかし今やものすごく素敵な中年スターとなっている。このあいだ皆で食事をしていたら、ダンナさんから電話があって、

「うん……、わかった……。じゃーね」

と甘えた声を出して、ものすごく仲がいい。つい私は言ってしまった。

「いいなァ……。朝起きたら隣に○○が寝てんでしょ」

「やーねー。そんなんじゃないわよ」

と彼女は笑っていたが嬉しそう。しかし、本当はそんなにいいと思っていない私。だってあんなハンサムが横に眠っていたら、イビキも歯ぎしりも出来ないし、朝起きて目ヤニがついていたらどうしよう……とおちおち眠っていられないはず。

やっぱりスターさんは、女優さんとか特別の美女のものですよねー。一般女子の中で、スターというのは、やはり妄想を抱く時のお相手であろう。この妄想というのは頭の中からはみ出るとストーカーになってしまうが、外に出さない分には何をしたってOK。裸にしたって、エッチしたってもちろんいいんですよ!

先日の「アンアン」は「抱かれたい男」ということで漫画を特集していたが、紙の上の主人公たちもいいですが、私はやっぱり実写であろうか。私の好みはずうーっと前から一貫している。ツンデレタイプの細マッチョ。今の若いコは、面白い男や、ちゃらい男が好きであるが、私は正統派のハンサムで冷たーい感じが好き。そういう男が本気になって、女の人を口説くシーンを見るとドキドキするのである。

そして、何年か前から私はテレビで西島秀俊さんを見るたびに、いいなァ……と思ってきた。知的でハンサム。クールで皮肉屋っぽい。そして脱いだらほどよい筋肉感。

「なんて私好みなのかしら!」

と思っていたら、この二、三年で大ブレイク。

「本当に私って男を見る目があるワ」

と得意になっていたら、まわりに西島ファンはゴロゴロいるではないか。なんとかしてライバルを追い抜き、お近づきになれないものだろうか……と思う。いや、スターとはお近づきにはなれるわけはないから、一回対談で会うだけでいい。

が、西島さんはお忙しいのか、それとも別の理由からか対談ページに全く出ていただけないのである。が、思わぬところに思わぬルートが……。

「西島と僕とは、高校の同級ですよ」

と言い出す男がいたのである。しかも私の担当編集者ではないか！

「ウソでしょ」

「本当ですよ。今でも連絡取り合いますよ」

彼も西島さんも、名門の中高一貫校に通っていたのだ。本当に世の中狭い。

「何とか会わせて。お願い！　ご飯食べたい。何でもご馳走するから」

と両手を合わせて頼んだのであるが、

「いやぁ、彼はとても忙しいみたいで」

と軽く断られてしまった。まあ、予想してたことだったからいいんですけどね。かつて私は、

「ハンサムは遠くにありて思うもの」

という名言を世に残した。そお、美しい男の視線を受け止めることが出来るのは、美しい女だけ。これは真実である。

マガハ今昔物語

このあいだ出た「GINZA」は、女性誌の特集であった。夢中で読みましたよ。なぜかというと、マガジンハウスの黄金期がいろいろ描かれていたからである。

マガジンハウスの歴史は女性誌の歴史でもある。懐かしい人の名前もいっぱい出てきた。「アンアン」はもちろんであるが、妹雑誌の「オリーブ」が、どんなにカッコよくて新しい雑誌であったか、みんなに知ってほしい。

私が田舎で、あるいは上京したてのひがみっぽい（今でもそうか）女の子であった頃、マガジンハウスの「お友だち主義」がすごくイヤだった。出てくる人は、みーんな編集者のお友だちで、ハウスマヌカン（古い言葉ですね。ショップの店員さんのことです）や、スタイリストがどんどん誌面に登場して、どんどん有名人になっていく。なんでこの人たち、ふつうの人たちなのに、グラビアに出たりするんだろうと、私なんか思ってしまったワケ。

が、今「GINZA」を読み返してみるとそれがよかったんですね。センスがよくて可愛い女の子なら、たとえ無名でも編集部に出入りして遊んでいく。そこからいろんな企画が生まれていったみたいだ。

たとえばあの伝説のスタイリスト近田まりこさんは、近田春夫さんと離婚してぶらぶらしていたら、編集長の淀川美代子さんに、

「スタイリストでもやってみたら」

と誘われたそうである。専門の教育を受けていなくても、スタイリストが出来る人は明日からでも出来るのではないだろうか。洋服のセンスが天才的な人は、この世に何人かいる。近田さんはそういう人だったんだ。

「オリーブ」からは、元若花田の奥さんだった栗尾美恵子さんとかモデルのスターもいっぱい出た。モデル、スタイリスト、ライターに限らず、マガジンハウスに出入りしているということがどれほど誇らしく特権的なことだったか。だから最近、マガジンハウスの歴史を書いた本がいっぱい出ているワケだ。

経費もばんばん使って、みんなで楽しいことをした。アフリカロケでお金を使い過ぎて、

「撮影のために、象を一頭、現地で買ったら死んじゃいました」

と言いわけした編集者の話はあまりにも有名であるが、バブルの頃なんか、毎晩テツオとご飯食べたり飲みに行ったっけ。もちろんマガジンハウスのおごりで……。

などというような昔話をすると、今の担当編集者ハッチなんかぽかんとしている。

「へぇー、そんな時代があったんですか」

なんてもんである。ハッチに限らず、この頃の編集者って本当に遊ばない。ちなみにマガジンハウスがあるところは銀座三丁目。歌舞伎座の裏だ。それなのに歌舞伎を一度も見たことがない編集者ばかりで、私はびっくりする。そんなわけで時々行けなくなったチケットをプレゼントする。初めて歌舞伎を見て、たいていの人が、

「すごく面白かった」

と言ってくれる。これがとてもうれしい。

さて、年に一度の東をどりの日が近づいてきた。東をどりは、新橋の芸者さんたちの年に一度の発表会である。ものすごくレベルが高い踊りや邦楽が見られるとあって大人気だ。芸者さん大好きの私。どのくらい私が芸者さんに憧れているかというと、〝お化け〟という仮装大会の日を利用して、本物の芸者さんになりすましてお座敷に出たぐらいである。あの頃は日本舞踊を習っていたので、所作もちゃんと出来たのである。そんなわけで今年もチケットを買った。友だち七人で行くつもりだったのに一人キャンセルとなった。どうしようかと思ったがハッチに連絡した。

「よかったら〝東をどり〟行かない？」

公演が行われる新橋演舞場とマガジンハウスとは、歩いて七分ぐらいの距離なのだ。ハッチは喜んでOKした。

「東をどり、初めてなんですよ。歌舞伎も見たことないけど」

えー、こんなに近いのに。もったいない。

その日私は、新橋演舞場横の高級料亭〝金田中〟で豪華な昼食をとった。

ハッチからのメール。

「僕も金田中に対抗して、東銀座が誇る、四百七十円の歌舞伎そばを食べてまいります」

合流したハッチは、私の友だちにも色々気を遣い、休憩時間もエスコートしてくれた。

「ハチスカさんって、いい方ね。独身なのかしら」

私の友人が問う。

「こんなお嬢さまがいるんだけどどうかしら……」

にわかに縁談をもちかけられたハッチはとても嬉しそう。

そう、私の青春はマガジンハウスから得たものがとても大きい。今、少しでも恩返しをしたいと思う私である。

「ハッチ、そんならお見合いしようよ」

と東をどりの帰りにマガジンハウスの会議室で相談してたら、

「オレに紹介しろ」

とテツオが口出ししてきた。

「初老のおじさんはダメ」

と私。が、昔の恩を考えるとむげにも出来ず、今度焼肉をおごることを約束した。

それにしても黒い正装をした芸者さん、本当に綺麗だった。昔のマガジンハウスならお座敷遊びも出来たはずなのに……。

本気スイッチ、オン！

夏が近づいてきたのに、なかなか〝その日〟がやってこなかった私。

そお、〝その日〟というのは、

「本気でダイエットをやる！」

と本気の本気で心から決意する日である。

倉庫会社から昨年の夏服が届いたのが先週のこと。ダンボールから次々と洋服を取り出す。ここのシステムでは、そのまま宅配便で送るときちんとクリーニングされ、約半年間預かってくれるのだ。

大好きで、よーく着ていた茶色の麻のセットアップを着ようとした。上着は何とかなったのであるが、スカートがまるっきり入らない。出かける時間は迫っている。

私はスカートを他のものに替えようとした。白いスカート、薄いベージュ、次から次へとはいたのであるが、すべてジッパーが上がらないのだ。

「ウッソー！」

焦った、なんてもんじゃない。私は、ここにあるもののほとんどが着られない、ことに気づいたのである。

大あわてですべてとっかえた。ジャケットはブルーに、スカートはなんとかジッパーが上まで上がる紺色にした。が、ちゃんとホックがかかったわけではない。

フレアスカートはホックがちゃんとかかっていないと、すそのラインがおかしくなるのはご存じのとおり（えっ、知らないか？）。私なんかいつもそれになってしまう。

おまけにデブになると、足のサイズも大きくなるんですよね。だから壁一面にある靴棚の中でも、履けるものはほんのわずかになってしまった。

ちゃんとウエストでとめられないスカートに、いつも同じ靴。これだけお洋服と靴を持ってて、これだけお金使っていて、どうしてこんなイケてない、だらしないコーディネイトになるわけ……!?

最悪なのは、お腹がどんどん大きくなること。妊娠七ヶ月ぐらいになって、座ると重量感たっぷりに丸くなる。

「ハヤシさん、もしかすると赤ちゃんいるの？」

と、もちろん冗談であるが何人かに聞かれたぐらいだ。

ぼて腹に触れながら私はつぶやいた。

「よおし、やるぞ」

このお腹がすっきりしたら、どんなになるのかやってみたい。ここまで太った自分が、どう変わるか見てみたい。

「そのために、ここまでデブになったのだ」

とワケのわからないことを言い出す私である。

が、この日のために例によって、また新しいダイエットに挑戦するんだもんね。

先日から通っているエステの人から、耳よりの情報が。

「ハヤシさん、今度痩身なら日本一のエステティシャンを、うちでスカウトしました。どんな人でもスリムにするミラクルハンドを試してみませんか」

もちろんやりますとも。

「だけどいくらミラクルハンドでも、それだけでは痩せません。ちゃんと食事も指導どおりやってくださいね」

はい、やりますとも。

そしてそのエステティシャンの人の面接を受けた。

「ハヤシさん、ちょっと失礼」

いきなり太ももの内側をぐっと押された。

「キャ、痛い」

「やっぱり思ったとおりですね。リンパにものすごく老廃物が溜まってます。まずはこのマッサージからしましょう」

と言っても、私が忙しくて時間がとれず、マッサージを受けるのは二週間後になった。

「それまでは自分でこれをやってください」

と渡されたのが、サプリメントとジェル、そして黒い布。なんと体を引き締めるサポーターだと。ゲルマニウムが入ってるそうだ。

夜寝る前に、体にジェルをつけて軽いマッサージをする。そしてこの引き締めサポーターをつけて眠るのだ。まずはお腹をひっ込める腹巻き、それから二の腕をひき締める腕巻き(?)、それから太もものための太もも巻き(?)、ウエストを締めるニッパーもある。

それらを全部身につけ、半袖のパジャマを羽織ると異様な姿。鏡を見て、歩いたりして、

「マジンガーZだ」

と遊んでいたら、

「いったいいつまで風呂に入ってりゃ気がすむんだ」

と、夫が顔を出し、

「な、なんだよ、その格好!」

と大きな声を出す。

「不気味じゃんか。やめてくれよ。それにアセモが出るぞ」

とか何とか言ったが、私はやりましたよ。

このサポーターを夜つけて眠り、サプリメントを毎回ペットボトル一本分の深層水と飲み(ふうー)、炭水化物を抜いた食事をしたら、十日間で二キロ減った、が、スカートのジッパーはまだ上がらない。

新担当はアナくずれ!?

このページの担当編集者ハッチからメールが来た。

「ハヤシさん、人事異動でＨａｎａｋｏ編集部に行くことになりました。ハヤシさんの担当、本当に楽しかったので残念です。今度から今年（二〇一四年）四月入社のＫというものが担当します」

なぜ私がここでイニシャルを使ったかというと、実名を出していろいろ迷惑をかけると困ると思ったから。つまりネタに出来そうな感じだからだ。

そのＫ青年が今日やってきた。立ち上がって挨拶してくれる。

「はじめまして、Ｋと申します」

その瞬間私は叫んだ。

「あなたって、まるでフジのアナウンサーじゃん！」

紺色のスーツがよく似合うさわやかなイケメン。流行の形にカットした短髪。成城育ちの慶応卒業。こりゃどう見たって、編集者っていうよりもアナウンサーでしょ！

「実は僕、フジテレビのアナウンサー落ちたんです」

「やっぱり！」

「結構いいとこまでいったんですけど」

「へえー、どこまでいったの」

「最終のひとつ前のカメラテストです。ＮＨＫもそこまでいって、カメラテストで落ちたんです」

Ｋ青年が言うには、広いスタジオに一人座らされて、いろいろ質問を受ける。その姿をカメラが撮っているんだそうだ。

「ＮＨＫでは、何か歌を歌えって言われました」

「へえーっ」

「だけど途中で間違えてやめちゃったんです。それで落とされたんじゃないかと思います」

と残念そうである。

タイプで言えばＴＢＳの安住アナより、日テレの桝アナウンサー。絶対テレビ局の方が似合っている。

「オレもそう思う。こんな斜陽産業にかわいそうだよなー」

と傍にいるテツオ。そう、テツオがこの年頃は、マガジンハウスおよび日本の出版界の黄金期だったはず。みんなでブイブイ言わせてたっけ。

「あなたもさー、あの時代に入社していれば、テツオにいろんなところに遊びに連れていってもらえたのにねぇ」

そうよ、バブルの頃は毎晩のようにテツオとご飯食べたり、夜遊びに繰り出してた。東京ベイなんて言っちゃって、芝浦あたりにお店がいっぱい出来て、みんなビリヤードするんだわよ。楽しかったわよー。

「昔、そういう時代があったって聞いたことあります」

K青年はまばたきひとつせずに言う。真面目で初々しい。確かにハッチの言うとおり、

「マガジンハウスにはかつていなかったタイプ」

かもしれない。

「それじゃ、今年からおばさんがいろいろ連れていってあげるワ」

と言いたかったけどやめた。これってセクハラになりそう。

「彼女いるの?」

も禁句ですね。しかしハッチの方から、

「半年前に彼女と別れたそうです」

と教えてくれた。

「大丈夫よ。マガジンハウスの名刺あれば、CA、ブランドプレス、広報、広告代理店ばっちりだよ」

「本当にそうだといいんですけど。それからこれ、お土産です……」

まあ、この青年、気がきくわね。

「僕が住んでいる新百合ヶ丘のエチエンヌのシュークリームです」

「これはアンアンのスイーツ特集で、シュークリーム部門ベスト5に入ったものなんです」

しかし私はダイエット中だ。皆さんだけで召し上がっていただいた。

しかしなァ、それにしてもこんな若いイケメンが担当になってもなァ……。一緒に遊ぶワケにもいかないしなァ、使い道に困るかも。

今や私にとって若いイケメンというのは、ちらっとすれ違って心を癒やしてくれるものなのである。

話は変わるようであるが、つい最近私は田園調布に出かけた。知り合いのところへ訪ねる用事があったのだ。時間があったので駅前のスタバに入ったら、ものすごくハンサムな若い男の子がいた。

「アイス・ラ・テ、お待たせしました」

と笑顔が素敵で、さすが田園調布と思った。渋谷とかにはいないかも。

それから一週間後、某大スターとご飯を食べていた。彼は独身で、もうそれほど若くない。彼の望みは、業界の女優さんやタレントさんではなく、ごくふつうの可愛い女の子と恋愛したいことだと言う。

「たまにスタバに入って、バイトのコを見ると、なんて可愛いんだろうって、うっとり眺めちゃう」

だと。わかるような気がする。ハンサムって、ちょっとすれ違ったり、店員さんぐらいの関係性がこちらもいちばんドキドキするのかもしれない。

撮られて、揉まれて

もう痩せるためには、これしかない。

いつも行くエステの人が、

「ハヤシさん、うちは痩身のゴッドハンドと呼ばれる、エステティシャンをスカウトしました。ハヤシさんのために特別プログラムを組みますから」

と言ってくれたのは既にお話ししたと思う。

「とりあえず今日から体重を量って、食事も気をつけてください」

ということで炭水化物を抜いた。そうしたらすぐに二キロ体重が減ったことも話したと思う。

ところが友人が焼肉に誘ってくれた。そこの焼肉屋というのは、有名な半年待ちの店。絶品のタンを食べさせてくれる。私としては、

「いいもん。クッパとかビビンバ、冷麺を食べなきゃいいんでしょ」

と思った。事実、焼肉屋でお肉と野菜を食べていれば、そんなに太るはずもない。

焼肉は素晴らしくおいしかった。タンも特上カルビも涙が出るぐらい。そしてこれで終わるはずだったのに、食通の友人が言う。

「締めはこれを食べなきゃダメ」

ということで茶色いご飯がひとり一杯ずつ出てきた。これはご飯にタレをかけ、玉子でぐちゃぐちゃにしたもの。これにニンニクソースをさらにからめて、ぱりぱりの焼き海苔でくるんで食べる。

「えーと、私、ダイエットしてるし……」

とちょっとひいたら、

「明日からすればいいじゃん」

といつも通りの説得をされた。それもそうですね、と、その玉子かけご飯海苔巻きを食べた。涙が出るぐらいおいしい。それからまた小鉢に入った冷麺も……。

そして次の日、体重計にのったら一キロ増えていた。十日かけて二キロ減らし、ひと晩で一キロ。こんなのあるんでしょうか。

もうやけっぱちで次の日、サロンに行きましたよ。

「ハヤシさん、これからは心をあらためてくださいね」

はい……わかりました。

「それではこれを身につけて」

紙製のブラとショーツを着て、写真を撮られた。パシャッ、パシャッ。

「顔出しはやめて」

「わかってますよ」

横からお腹を撮られた時は、笑っちゃってお腹をひっ込める気にもならない。だけどこの写真が流出したらどうしよう……。

ダイエットサロンのチラシに、よくこんなお腹の人が出てますよね……。

それからマッサージが始まった。これは機械を使ってする。初めての経験である。よくあのテのチラシを見るたび、

「こんな機械を使って本当に痩せるんだろうか？」

といつも疑問に思っていたのであるが、ついに私もやることに……。

「ハヤシさん、すごいリンパが詰まってますよ。水と老廃物でぱんぱんです」

と手と機械のヘッドとでぐいぐい押されると、その痛いことといったら。

「ヒェー、ぐっぐっ」

じっと耐える私。ヘッドはぐりぐりと私のぜい肉に喰いこんでいくではないか。

「ギェーッ！」

これは拷問に近い。ひぇー！　痛いよ、つらいよーッ。

そして今度はひっくり返る。機械のヘッドはついに私のお腹の上に。ぐるぐると押される。私は自分が肉塊と化し、いいようにされていくのを感じた。あー、肉が揉まれる。動かされる。この感触を何と言ったらいいのであろうか。さんざん食べて飲んできた己の人

生を深く反省した……。長年の飽食による私の肉が揺れる。

そしてやっとのことでマッサージが終わった。

「ハヤシさん、今日から家に帰ったらすぐにサポーターをつけてくださいね」

例の黒いやつだ。ゲルマニウムと赤外線とでリンパを流していくという。

「あのサポーターをまじめにつけてくれれば、こんなに痛くなりませんよ」

そんなワケで、家に帰ってからすぐにサポーターをつけた。二の腕、お腹、太ももにつけずうっとこのままでいることにした。

そして今日の夕ご飯はお鮨。炭水化物抜きダイエッターにとって、お鮨はいちばんのタブーだ。ご飯にいっぱい砂糖が入っている。

が、そのお鮨屋はおつまみをいっぱい出してくれるところだ。

「お鮨は五貫までにしてね」

私は頼んだ。そして本当に五貫だけ食べた。次の日、体重計にのった。〇・八キログラム増えている。私はすべてのことがすっかりイヤになってしまったの。

誘惑に弱い私。節制ということが出来ないだらしない私。どんどん落ち込んでいく。そう、こういうのを「ダイエットうつ」というのかもしれない。

来週も機械が私を待っている。いったいどうしたらいいんだろう。

マリコと壇蜜女王

生まれて初めて「痩身メソッド」に挑戦した私。

おかげでめきめき痩せて……と言いたいところであるが、三百グラム減り、二百グラム増えるといった日々。とほほ……。

おとといは本郷の焼肉屋さんで集まりがあった。ここの焼肉屋は最近の私の大お気に入り。お肉がどれもおいしい。そればっかりじゃなくて、メニューにあるカレーやオムライスが絶品なのだ。

特にカレーライスの濃厚な味ときたら……。

「三日間煮込んでます」

とオーナーが言った。このオーナーが超イケメン！　唐沢寿明にウリふたつなのである。

そしてこの店はワインの持ち込みＯＫ。仲良しの和田秀樹ドクターが、

「ハヤシさんの好きな味だと思う」

とか言って、一本三、四万もするナパとかボルドーの赤を持ってきてくれるから、つい飲んでしまう。だけどカレーはルーだけしか食べませんでした。それなのに五百グラム増

えていた……。

そんな時にいろんなお店からバーゲンのお知らせが。そして「白蓮れんれん」の増刷のお知らせが三日おきぐらいにくる。美貌の歌人柳原白蓮の伝記小説を書いたのは、もう二十年も前のこと。文庫にもなってそこそこ売れたけれども、書いた私もすっかり忘れていた本である。

ところがNHKの朝ドラ「花子とアン」で仲間由紀恵さんが白蓮を演じてくれたため、

「こんな人が本当にいるのか」

と突然本が売れ出した。

この文庫は二つの出版社から出しているので、かわるがわる増刷をかけてくれる。これは私に、

「お買物しなさいよ」

と言っているようなものであろう。

そんなわけでバーゲンに行きました。ところがサイズがないんです……。昨年（二〇一三年）の夏からワンサイズ大きくなったことは既にお話ししたと思う。

小金はあっても、バーゲンで買うものがないつらさといったら想像していただけるであろうか。

そこへ知り合いのモデルさんがふらりやってきた。どうということのないワンピに下にスパッツを合わせているのであるが、そのカッコいいこと……。

パンツを手に取り、試着室に入っていった。その姿を見て、

「いいなァ、はけるもんがあって……」

と思わず声をかけてしまった私。彼女は、

「そうでもないのよォ」

なんて笑ってたけど、モデルさんに失礼な言葉でしたね。

さてバーゲンのあとは、BS日テレの「久米書店」に出演するため、下北沢のカフェに向かう。本当はバーゲンで着るものを買うつもりであったがそれどころじゃない。いつものジャケットと、ホックがちゃんととまらないスカートで出かけた。全然イケてないスタイル。

司会は久米宏さんと壇蜜さんである。壇蜜さんは実物の方がずっと綺麗。きゃしゃな体からエロスのオーラがばんばん出ている。

「本当にいつもキレイねー」

とセクハラおやじのようなことを口走る私である。

ところで私が収録の最中、

「親と同じぐらいのレベルの暮らしが出来る子どもは、全体の二割しかいないんですよ」

と発言したところ、

「私は八割の方……」

と壇蜜さんが言った。

「私の母は公務員ですけど、私は昨年まで母の年収を越せなかったんです」

「ウッソー！」

私と久米宏さんは同時に叫んだ。

「昨年まで小さな事務所にいたんですけど、グラビアモデルなんて収入はタカが知れてますから」

「そんなこと言って、壇蜜さんはCMにだって出てたじゃん」

「それは顔見せ、ってことでそんなにもらってません」

「だったら映画は？　主演してたんだしさ」

「あれはグラビアモデルが脱いだ、っていう認識ですからこれまた安いです」

なんかひどい話ではないか。こんなに美しい人気者に、ちゃんとしかるべきものを渡さないなんて。

私がもし男だったら、彼女にいっぱいお洋服をプレゼントする。愛人になってくれなくたっていい。こんなに綺麗な人をお店に連れていって、いろいろ買ってあげたらどんなに楽しかろう。とりあえず女の私はお友だちになりたいな。

「壇蜜さん、今度飲みに行こうよ」

と誘ったら、

「私、飲めないんです」

と軽くかわされてしまった。そのかわし方が年季が入っていて、女でもぐらっときたよ。

服がないならバッグをお買い

夏に向けての私の苦行は続く。

このあいだは二の腕のセルライトをマシンと手でつぶしてもらったのであるが、その痛いことといったら……。

「ハヤシさん、三、四日は内出血しますけど我慢してくださいね」

と言われたとおり、二の腕から肘近くまで赤黒いうっ血が出来た。おかげでまわりの人から、

「ダンナ、DVじゃないのォ？」

などとからかわれた。

なんやかんやで一キロ減ったのであるが、その次の日は和食で会食であった。大好きな日本酒もこのところ断っているのであるが、

「飲まなきゃダメ、ダメ」

と何度もお酌された。

最後のご飯も、

「ワタシ……、ダイエットしているからパスします」

とお店の人に言ったところ、

「何言ってんだ。今がいちばんいいじゃないか！」

と、ある男の人が言ってくれた。

「そのままでいい。一キロも痩せることない」

こういうデブ好きの男の人がまわりにいるおかげで、私の気がついゆるくなってしまうのだ。

ところでこの会食の時、私の女友だちは薄いベージュのバーキンを持ってきていた。それはそれで素敵なのであるが、真夏に重い革のバーキンはどうかなァ……、と思う私である。私のまわりはお金持ちの女が多いので、老いも若きもバーキンを持っていることが多い。

が、私はやっぱり夏は持たない。ジャケットのことが多いので、バッグで遊ぶ私は、夏はカゴを持つ。カゴっていっても、そんじょそこらのカゴじゃない。海外で買ったエルメスのカゴとか、ドルガバの籐とか。このドルガバの籐のカゴは、ものすごく凝った編み方をしていて可愛いことこのうえなし。が、びっくりするようなお値段であった。

「これ買っとくと、夏に重宝するよ」

というおしゃれ番長の友人の言葉に従ったのである。これ以外にもマルニの編み込み、バーゲンでプラダのショルダーと、なんと今シーズン三個のバッグを買ってしまった私。

「いいわねー、お金があるってことでしょ」

なんて言わないで欲しい。急にさらにデブになったため、洋服のサイズが極限を越えてしまったのである。ジル・サンダーのショップに、スカートは40までしかない。それがはけなくなった私は、もう買物が出来ないのである。

だから代償行為としてバッグを買っているんだと思う。そう、さんざんお店で試着してそのまま帰るわけにいかない時、ついバッグを買ってしまうんだ。

おかげでうちの棚には、買ったまま、まるっきり使ってないバッグがゴロゴロしている。新品のバーキンもあったことがある。

あれは何年前のことになるだろうか。私はお金に困っていた。私のような自由業だと収入のアップダウンがある。それは仕方ないことなのであるが、つらいのは税金だ。お金が入ってきた次の年、予定納税というのがあるが、これは、

「今年もきっと昨年と同じぐらいの額が入ってくるはずだから、先に払っておきましょう」

というシステムだ。

これが大変。税金の前払いをしなきゃならないのだが、手元にはキャッシュがない。

こういう時、定期を崩すとか銀行で借りるとか、いろいろ方法はあるのであるが、なんかめんどうくさい。

そしてあたりを見渡したら、あったではないか。箱に入ったままの黒のバーキン。しかもクロコ!

「絶対買っといた方がいい。この頃エルメスはクロコをつくらないから」

と友人に勧められ、パリの本店で求めたものだ。

「そうだ、これを誰かに買ってもらおー」

と知り合いに声をかけたのであるが、みんなに断られた。そう、値段が値段であった。しかし仲のいい友人が一割引きで買ってくれ、あの時は嬉しかったなぁ。バッグの代金にもろもろ足して、何とか一回分払った。私がよく、

「バーキンは女の貨幣」

と言うのにはこんな理由がある。

が、つい最近のこと知り合ったばかりの女性からこんな話を聞いた。

「私、マリコさんと友だちになるずっと前、〇〇〇さんとご飯食べてたの。そしたら彼女、こう言うのよ。『ハヤシマリコさんから、バーキンを買ってくれって頼まれたのよ。税金が払えないからって。あの人、あんなに派手に見えても内情は火の車なのよ』って、私に得意そうに言ってたわよー」

私、ちょっとムカついた。事実はそうだけど、ものの言い方がある。私は確かにお金はないけど「火の車」と言われると……。だからこのあいだ彼女と会う集まりの時、新品のクロコのバーキン持ってた。女のミエって嫌ですね。

魔法のジャパネスク

自分が本当に意志の弱い、卑小な人間だとつくづく思うのは、つい食べてしまう時だ。

私のように〝万年ダイエッター〟だと、

「あっ、今太ったなァ」

と確実にわかる時がある。

それでもだらだらと口に入れていく時のあの楽しさ。

「もうどうなってもいい」

と快楽に溺れていく時の快感……。

クスリを断つことが出来ない人も、こんな心理ではないだろうか。

ご存じのように糖質カットダイエットをやっている者にとって、お鮨はいちばんの鬼門だ。それなのにその夜のおよばれはお鮨屋であった。それも銀座の一流どころのカウンター。

私はけなげに頑張った。自分を誉めてやりたいぐらいよくやった。お刺身とつまみでお

腹をいっぱいにした後、板前さんに頼んだ。いつものように言った。

「私に五貫だけ握ってくださいな」

なんて立派なんでしょう。が、話はそれから。お土産に太巻きを一本もらった。家に帰ってから眺めた。夫にすすめた。夫は、

「もう寝る前だから食べない」

と答えた。そのとおりだ。私はしばらくまた眺めた。卵焼きの黄色とかんぴょうの茶色とが本当においしそう。

「冷蔵庫に入れとくと、明日の朝不味くなる」

と思った。太巻きさんに悪い。こんなおいしいものを不味くするなんて失礼だ。

そんなワケで私は一個だけ食べた。とてもおいしかった。もう一個食べた。もうとまらなくなり私は半分をたいらげたのである。

そうしたら次の日、いつもどおり、〇・八キロ太っていた。

二日後は友人のホームパーティーへ行った。カレーもお鮨もケーキも出た。どれもものすごくおいしく、ワインと共にたいらげた。

みんなでお喋りしながら、三時間ずっと口を動かし続けた。すごく楽しかった。が、自分でも「きたな」と思った。体の中でうごめくものがあったのだ。そうしたら次の日、一・三キロ太っていた……。

人間、これほど急激に体重が増えるものだろうか。私の場合増えます。

そんなワケで着られない服のオンパレード、という話を何度もしてきた。お出かけしようにも、ワンピースやスカートのジッパーが上がらないのだ。

その時ひらめいた。

「そうだわ、着物着ましょ」

私はものすごい量の着物を持っている。一時期はまって、やたらつくっていたのだ。その中には夏の着物もいっぱい。

「いつか着よう」

と思っていたのであるが、その「いつか」っていつなのよ？　来ないうちにばあさんになってしまう、ということに気づいたのだ。

夏の着物は本当におしゃれ。薄く透ける絽や紗の着物は、足袋や半衿をつけて着る。浴衣も可愛くていいけれども、あくまでもカジュアルなもの。大人がお出かけするのは、やはり〝きちんと感〟がないとね。

麻の着物も素敵だ。この産地は沖縄が多い。八重山上布、宮古上布を持っていて芭蕉布の帯と合わせて着る。沖縄以外だと新潟も麻の着物の一大生産地だ。ここには越後上布というものすごく高い麻がある。それから小千谷縮も有名。コレクターの私はみんな持っている。それなのに長いこと「箪笥のこやし」にしてきたのだ。

「よおし、今年はばんばん夏の着物を着るぞ」

たまたまフランス大使館での昼食会の予定があったので、黒い絽の着物を着ていくことにした。これは黒く透ける地に、なでしこの花を染めたすっきりとしたもの。白いこれまた絽つづれの袋帯を締めた。

着物を知らない人のために説明すると、とてもフォーマル感のある組み合わせと思っていただきたい。

そして着物で大切なことは髪をどうするかということ。やはりきちんとアップにしたい。浴衣姿の女の子が、よくキャバクラ嬢みたいになるのは、髪をだらっと垂らすからだ。仕方ない。髪をアップにしてくれるサロンが少なくなったからだ。

私はあらかじめ自分でシャンプーして、着物を着て青山のサロンへ行く。ここには腕のいい人がいて、すごくうまくアップにしてくれるのだ。

自分で言うのもナンですけれども、夏の着物着て髪をアップにすると、女の偏差値がめちゃくちゃ上がる。偏差値32が、東大文ＩＯＫの78になる。本当ですよ。

行った先々で、

「キレイですね」

「素敵ですね」

と皆がちやほやしてくれるのだ。

が、これは大人の世界の話。浴衣も若い恋人たちの間ではまるで魔法のような力を発する。花火大会の夜、駅で待ち合わせをしていて、浴衣姿の恋人を見つけた時の男の子の顔といったら……。嬉しそうな照れくさそうないい感じ。とにかく夏はジャパネスク。

〃こぴっと〃したい

昔から私はだらしないかも。

男の人にだらしないなら、それなりに尊敬されるかもしれないけれど、身のまわりにだらしないだけ。

食べこぼしはしょっちゅうだし、ストッキングの伝線も気づかないことが多い。だいいちデブなのがいちばんだらしないですね。

子どもの頃から、よく親に怒られてきた。そう、「花子とアン」で話題になった流行の甲州弁で、

「こぴっとしろし！」

と言われていたのだ。

だから大人になってからは、そりゃあ気をつけている。こまめにクリーニングに出し、白いものは、クリーニング屋の袋を破ったものしか着ない
遠くの有名サロンよりも、近くのサロンへこまめに、をモットーに、週に二回は行きヘアケアをしてもらっている。自分でもブロウはちゃんとする。

「美はディティールに宿る」

を肝に銘じ、手やネイルにもそりゃあ気をつけている。ハンドバッグの中には必ずハンドクリームを入れ、仕事の最中、タクシーの中でもマッサージをする。

よってハンドクリームは、私のマストアイテム。というより、

「これがないと生きていけない」というぐらいのもの。

新幹線に乗る時に忘れたら駅で買う。飛行機の中なら機内販売で買う。歩いていて気づいたらコンビニで買う。

おかげで私の手はツルツル、ぽっちゃり、まっ白。筋なんか一本も浮き出ていない。

「ボクは君の手が大好きなんだ。握らせてね」

と言う男の人もいるぐらい、といっても皆の前で握るけど……。

もちろんネイルにも凝っています……と言いたいけれども、ネイルサロンにこまめに行く時間がない。

「カルジェルをするかしないか」

というのは、かなり迷うところですね。

私が時たま行く銀座の有名店は、

「爪の健康のために、カルジェルはすすめません」

といっさい置いていない。

私も以前はカルジェルをしていたのであるが、すごく不便なことがある。ふつうのネイ

ルなら、はがれてきたら自分でオフ出来る。しかしカルジェルはそうはいかない。しかもあれって、崩落がいっきにやってくると思いませんか。

自分の爪をながめながら、

「あれっ、そろそろ始まったな。サロンの予約しなきゃ！」

と思っているうちに、次の日ガバッとひとさし指がはがれ落ち、悲惨なことになっていく。サロンに行く、二、三日前は人さまに指を見せられないぐらいになってしまうのだ。

ファッション誌の編集者は、

「ハヤシさんみたいに忙しい人は、カルジェルじゃない方がいいかもしれないよ。はがすのに大変だから」

とアドバイスしてくれたぐらいだ。

が、先日久しぶりにサロンに行き、

「こまめにくればカルジェルもいいかも。長持ちするし」

とうっかり思ってしまった。そして夏らしくコーラルピンクにしてもらった。

二週間はいい感じだったが、おとといから地盤がゆるくなってきた。突然ひとさし指が半分はがれたのである。ついでに中指も……。しかしサロンに行く時間はない。急きょ私はガリガリと自分の爪ではがすことにした。が、うまくいかない。しっかりついているところと、はがれたところのコントラストがばばっちい。派手な色にしたので、ちょびっと残っていても痕が汚い。だらしないことこのうえなしだ。

今日は人に会う用事が二つあるうえに、午前中はテレビのちょっとしたコメントを撮りに、撮影クルーがやってくる。

「これ、ひどいかしら」

と秘書のハタケヤマに聞いたら、

「ひどいですね」

ときっぱり。私は時計を見た。クルーが来るまでに一時間半ある。近くのサロンならなんとかなる、かも。さっそくいきつけの店に電話した。が、テープがまわるだけ。

「駅前に行けばなんとかなる」

財布を持ってとび出した。が、めあての店はどこも閉まっている。火曜だったのだ。死ぬほどの暑さの中、私は途方にくれる。

「どうしたらいいんだ！　これぞネイル難民」

タクシーで表参道行くか。もうそんな時間はない。私はドラッグストアに飛び込んだ。

「カルジェルにも使えるリムーバーください」

ちゃんとありました。液体をコットンにひたしてじっとすること十分……が、はがれない。やはり液体が弱いんだ……。

「ハヤシさん、テレビ局の人が……」

わーん、どうすればいいんだ。私はグーをしたまま出ましたよ。

「こぴっとしろし」

誰か私のネジを巻いて

履けないガラス靴

やっとのことで〝痩せるネジ〟がまわり始めた。

そお、ちゃんとダイエットをする、体重が減る、嬉しい、ガンバル、という回路が私の中に出来たのだ！

例のエステでマッサージしてくれる人が驚いていた。

「ハヤシさん、お腹の脂肪の固かったのがすごくやわらかくなりましたよ」

しかし二の腕のセルライトも力を込めてほぐしてくれるのであるが、その痛いことといったら……。

「ヒイーッ」

と悲鳴をあげる私。リンパにしっかりといろんなものが詰まっているらしい。どうやらこの夏にノースリーブを着るという目標は達せられないようだ。

ところで靴フェチの私であるが、夏になるといつも悩む。なぜかというと、春頃買ったサンダルがまるで履けないからだ。

デブになると足も太ってくる。しかしこれはもう足が大きくなった、というレベルでは

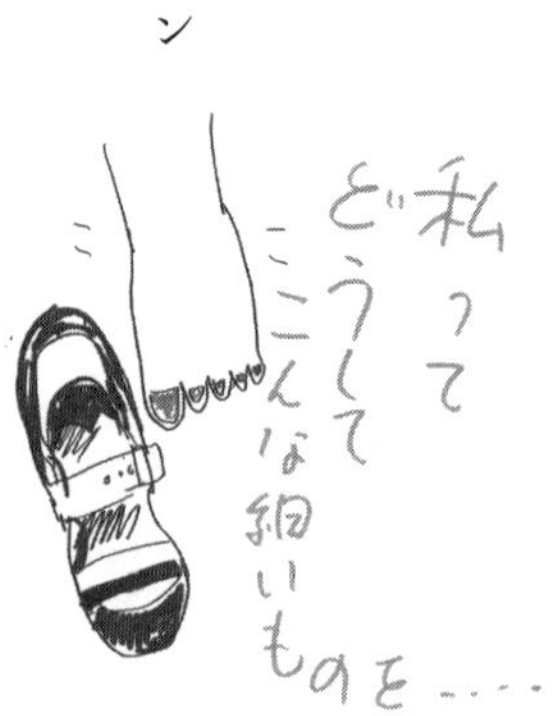

ない。ちゃんと足をすべらせることさえ出来ない。

「これはいったいどうしたことであろうか」

いろいろ考えてひとつの結論がうかび上がった。

つまり春頃靴を買う時は、たいていストッキングをはいている。だから〝足入れ〟も比較的すんなりと行われるのであるが、いざ夏となり素足に履こうとすると、どうしてもつらいことになるのだ。

おまけに私の足は、ずうーっと「シンデレラのお姉さん」をやっているので、それはそれはつらいことになっている。親指の下や小指にマメが出来て固まっているのだ。よく人から、

「そんなにつらい思いをするなら、自分の足を測ってオーダー靴つくればいいじゃないの」

と言われるが、私の足を測定してつくった靴なんてどんなにみっともないものになるだろうか。靴を脱ぐ場所に絶対に履いていきたくない。

人さまのおうちとか、日本料理店で靴を脱ぐ場所では、それはそれは気を遣う。内側が綺麗な新品で、素敵なブランド名が記されている靴をたたきの上に残す、というのは大人のたしなみというものではなかろうか。そこに私の足どおりのダサい、幅広の靴なんか残しておきたくない。

これは昔、私が本当のシンデレラだった頃、東京でお世話になるおうちに遊びに行くことがあった。そこはとてもお金持ちのおうちで、美しい三姉妹がいた。ビンボーな大学生

だった私は、たたきの上に置かれた靴を見てよくびっくりしたものだ。二人は大学生だったのに、ランバン、ディオール、シャルル・ジョルダン、といったブランド靴がずらーっと無造作に置かれていたのだ。わりと乱暴に履かれた高価なハイヒールというのは、いかにも驕慢な美女という感じで憧れてしまう私である。

が、あれらの靴は細身だったからであろう。私は靴を脱ぐところへは、新しいものを履いていくのであるが、それでも並べられたくない。すごーくイヤなのは、女性が三人ぐらいいて、その人たちが二十二・五センチとか、二十三センチだったりするともう悲劇ですね。

お店の人が意地悪をしているとしか思えない。が、そういう人たちの真ん中に私の靴を並べておくわけ。そういうのも見られたくなくて、食事が終わるやいなや、玄関に突進する私である。男の人になんか絶対見られたくないと思う。人をかきわけ、すごい勢いで玄関に向かう。そして、セーフ、と胸をなでおろすのが常である。

が、もうこういうことをガタガタ言っても仕方ない。履けない靴は履けないのだ。こういう時どうするか。

姪を呼ぶ。私の姪っ子は全然太っていないし、むしろほっそりしている方なのであるが、うちの呪われた遺伝で大足ときている。履くものに本当に困っているらしい。ふつうのOLなので、ブランド靴とは無縁で、ふだんはダサいものばかり。

それで定期的に私が呼んで、ほとんど新品の靴を大量に持たせてやるのだ。紙袋に五、

六足入れ、それにハンドバッグを二つぐらいつけてやると、

「おばちゃん、本当にいいの？　ありがとう！」

と喜んで帰っていく。

ついこのあいだのこと、私の誕生日パーティーが盛大に行われた。ソファに座っていてふと視線を向けると、目の前にオープントゥのブロンズの、すごく素敵な靴を履いた脚が目についた。

「センスいい靴だなァ……」

とフェチの私が、視線を上にしていくとなんとうちの姪ではないか。

「このコがどうしてこんないい靴を……」

思い出した。半年前に私があげたものだったのだ。

そお、本来なら私がそのようにして眺められるはずであったのに……。まあ入らなかったから仕方ない。

痩身処方 in ソウル

二年ぶりでソウルに出かけた。ミュージカルを見るためだ。メンバーはいつものように、元アンアン編集長ホリキさん、中井美穂ちゃんとの三人だ。このメンバーは、食べることとショッピングが大好き、ということで一致し、ワガママを言う人がいないのでとてもラクチン。

昨年の香港旅行でも、私たちは食べに食べ、買いに買いまくった。ホリキさんはご主人から、

「足は二本、カラダはひとつしかないんだよ」

とイヤ味を言われたそうだ。つまりどうしてそんなに靴と洋服を買うのか、という意味である。

私たちがまず向かったのは、〝なーんちゃって〟の店が続く某地下街。私はここで○○○のバッグを買ったことがある。いえ、昔の話ですよ。今は法律違反だからしてませんよ。しかし、

「私たちみたいに本物どっさり持ってたら、遊びで一個〝なーんちゃって〟を持つのは面

スタイルよくって、
肌が本当にキレイなんです

白いかも」

と思っているのも事実。

この地下街は、キラキラのスマホケースやバッグを売っている店も多く、それを買うのも楽しみだ。ハンパなく光っている。

そういえば、とホリキさん。

「この近くに×××の〝なーんちゃって〟アクセを売ってる店があったっけ」

皆で行ってみたら、そんなものは何もない。店のおばさんが怒ってた。

「このあいだ摘発あって、百万罰金取られたよ」

やっぱり本物をちゃんと買わなきゃいけないってことね、とみんな納得。

今回も「よおーし、買うぞ」と張りきってきたのであるが、円が弱くなっていて東京の方が安いぐらい。おまけに韓国の女性はとてもほっそりしている。飾ってあるお洋服はとても小さくて私には無理。

「どうして韓国の女の人ってデブがいないの？」

と案内してくれるジャキョンちゃんに聞いた。

ジャキョンちゃんはホリキさんのお友だちで、いつもは日本のメディアのコーディネイターをしている女の子だ。だからふつうのガイドさんと違ってセンスがよく、最新のお店をよく知っている。そのジャキョンちゃんが言うにも、

「太っている人もいっぱいいますよ」

とのことであるが、ソウル滞在中ほとんど見なかった。

全部が全部とは言わないけれども、ソウルの女の子の脚の長さには見るたびに驚かされる。膝から下がすうっと形よく伸びている。腰の位置が高い。だからみんなショートパンツをはいているのであるが、よく似合うことといったら。それに肌が綺麗で、みんなゆで玉子をむいたようだ。

これは韓国料理のおかげだとすぐにわかった。ふつうにオーダーしても〝おまけ〟としてキムチがどさっとついてくる。伝統の韓料理ときたら、ものすごい量の野菜が出てくる。おかげで病的な便秘に悩まされていた私だが、着いてすぐに解消されたのである。

そのうち、

「ねぇ、ジャキョン、ダイエットにいい漢方があるって聞いたんだけど調べてくれない」

ホリキさんが言い出した。そしてすぐにジャキョンちゃんが連れていってくれたのは、ミョンドンからやや離れたところにあるビルの地下。とても新しく綺麗な建物で、靴を脱いで板の間を歩くようになっている。

日本語を話すチョゴリ姿の女性が出てきていろいろ案内してくれる。

「まずは体重、体脂肪、血圧、いろいろ検査してから先生が診断します」

「えー、これってどういうこと!!」

私とホリキさんは同時に叫ぶ。

「私たちはただ漢方薬を買いにきただけなのに。薬局に行くつもりだったのに」

「韓国では漢方を売るのはお医者さんです。ちゃんと診断してからじゃないとダメなんですよ。その後、ハリかマッサージも受けられるそうです」

とジャキョンちゃんも説明してくれる。

「私、イヤだもんね」

私はゴネた。そう、絶対にイヤ。異国で体重なんかさらしたくないわ。

そうしたらそこに、チョゴリ姿のものすごい美女が登場。あたりをはらうような気品にあふれている。この人が院長でお医者さんだという。なんだかいい感じである。

「ハヤシさんはやらなくていいわよ。私だけが診断してもらう」

ということでホリキさんは中に入っていった。マッサージチェアでくつろいでいると帰ってきて、

「すっごく話が面白かったわよ。私の腰の痛みもあててくれて、あなたには漢方は必要ないって」

「じゃ、私もやる」

ということで中に入った私。いろいろ検査して先生の前に座る。脈もとってもらった。

「とにかく体重、減らしなさい。それから体に入ったものが外に出ない人ですね」

確かに汗もかかないし便秘もひどい。

「こちらから日本に漢方を送ります。しばらく飲み続けてください」

韓国の秘法、マリコを痩せさせることが出来るか。

美女に棘あり？

ソウルの漢方クリニックで、さんざんゴネた私である。体重量られたり、肥満について、あーだ、こーだと言われるのがイヤだったのである。

しかし現れた女医さんの美しさに目を見張った。年の頃なら三十代終わりであろうか。うっとりするほどの気品に溢れている。

「この人なら診察してもらってもいい」

と私は思ったのである。しかもジャキョンちゃんのおかげでお友だち割引きをしてくれたのだ。

「本来なら、ハリかマッサージをしてもらいたいのですが」

ということであったが、時間がなかったので診察だけしてもらい、その日は帰ることにした。

だがホテルに戻っても、あの清潔なクリニックが忘れられない。いかにも効きそう。

「もしかしたら、マッサージやハリをやっていたら、三日ぐらいですごく痩せたかもしれ

ない」

そして次の日、ホリキさんに持ちかけた。

「昨日、中井美穂ちゃんは遅い便で着いたんだよ。今日はミホちゃんもあのクリニックに連れていってあげたいの」

ミホちゃんもぜひ行きたいということで、また予約を取ってもらって三人で出かけた。

「今日はハリとマッサージ、よろしくお願いします。とにかく痩せて日本に帰りたいの」

日本語でまくしたてる私である。

が、昨日となんか違っている……。うまく言えないが、昨日の静かで清らかな空気が今日は流れていない。そのわけはすぐにわかった。昨日はいなかったマッサージの男性が今日は二人いたのである。

この人がマッサージしてくれるということで個室に入ったのであるが、その際私はちらりと見てしまった。使っていない部屋のドアが開いていて、そこにどっさりタオルが干してあるのを……。とても散らかっていた。

マッサージをしてもらったのであるが、そんなにやる気がないのがありありとわかる。それなりにテクニックもあり気持ちいいのであるが、いまひとつ誠意が感じられないのだ。日本の女って、こういうことにとても敏感だ。

そして次はハリということになった。部屋に入るとホリキさんが、お腹をむき出しにしてベッドに横たわっていた。そのお腹は針山みたいになっている。

「わっ、痛そ。ねぇ、痛い？　どんな感じ」

「今、質問しないで！」

と怒られた。

「頭にもハリがささっていて、すっごく緊張してるのよ」

わかりました、ということで私も隣のベッドに寝る。そこへ女医さんがいらして、お腹にハリをさしていってくれる。首と頭にも。そんなに痛くない。この女医さんを今は信じるしかないんだ。

昨日、ジャキョンちゃんは言ってたっけ。

「ここの先生は、大統領官邸にも出入りしている本当にすごい人なんですよ」

お腹にささったハリに電流を流された。私のお腹は軽くジジジと揺れてきた。

「自分の脂肪がいっきに溶けていくさまをイメージしてください」

日本語が通じる看護師さんが言う。はい。イメージしてますとも……。

あーっ、流れていく、流れていく……。私のお腹の中の脂肪が川となって流れていく。

しかし終わった後、お腹を見たがそんなことはなかった。

待っていると診察を終えたミホちゃんが部屋から出てきた。

「私、そんなに太ってないって。それから漢方薬も必要ないって」

三人のうち、私だけが薬を飲むように指示されているのだ。

「やっぱり私一人だけデブってことなんだわ」

がっかりしながら着替え室へ。マッサージ用の寝巻きみたいなものを脱がなきゃ。

「そんなに私って太ってるかな……」

鏡をのぞき込んだ私は、その瞬間ヒェーッと声をあげていた。頭のてっぺんに長ーいハリが生えている。さっき看護師さんが抜くのを忘れたのだ。こわーい。

「ちょっと、ちょっと、これ見て！」

と見せたら彼女もびっくり。すぐに抜いてくれた。だけどあのまま私がマッサージチェアにひっくり返ったら、いったいどうなっていたんだろ。

「ところで先生はどこにいったのかしら」

今後のことをいろいろ話す、って言ってたのに、

「先生はお出かけになりました」

だって。

「何か無責任だよね」

他の二人にこぼした。

「昨日はすごく効きそうだったけど、今日はそうでもないよね。あのマッサージの人もさ、ものすごくどうでもいいことしか言わないし……」

やはりダイエットに近道なし、秘法なし、ということであろうか。

しかし私はもうじき日本に届く、一ヶ月分の漢方薬を心から待っているのである。溺れるものはワラをもつかむ。デブの女は何でも飲む。

無理やりはNo！

私の担当となった、K青年の人気はあがるばかりである。うちにバイトに来ている女子大生のミサキちゃんも、

「あんなハンサムな人、初めて見ました。カッコいいですね」

と興奮していた。

フジテレビとNHKのアナウンサー採用試験に勝ち残り、どちらもカメラテストで落とされたK青年。

「どこもカメラテストで落ちたって、やっぱりそこまでのレベルだったんじゃないの」

という意地悪な声もあるにはあるが、やっぱりそこいらの男の子よりはずっとハンサム。

この頃私は、画面に映るフジテレビの新人アナウンサーの顔を喰い入るように見つめる。

「どうしてこのコが受かって、K青年が落ちたんだろうか」

大差ないような気がする。

それどころか、K青年はすごい人脈を持っているのだ。

先日、今人気・実力ナンバーワンのアートディレクターの結婚披露宴に出かけた。本当

におしゃれで楽しい披露宴であった。ご主人になる人は映画関係者だったので、主賓は国民的大監督。

私は一度対談でおめにかかったことがあるので、おそるおそるご挨拶した。その時、大監督は私にこうおっしゃったのだ。

「ハヤシさん、アンアンのK君って知ってるでしょう」

「はっ？」

聞き間違えたかと思った。このえらい人と大学出たばかりのK青年との間に、どんな結びつきがあるというのだ。

「彼はね、僕の娘のところに、週に一回ピアノを習いに来ているんですよ。よろしく可愛がってやってね」

驚いた。そんなことをやっているとは……。顔がいいだけじゃなくて、ちゃんと教養も身につけているのだ。

しかし、若いハンサムな子が身近にいるというのはむずかしいものである。ちょっと仲よくしようとすると、すぐにパワハラとかセクハラと言われそうである。

世の中では、橋本聖子議員が髙橋大輔選手にブチューとキスをしてすごい話題である。

スポーツ紙を読んでいたら、

「仮に森喜朗五輪組織委会長が、嫌がる浅田真央ちゃんに抱きついて、キスをしたりしたらどうなる。大変なセクハラということで大問題になるだろう。それがどうして女がやると、親愛の証と許されるんだろうか」

という文章があった。私もそう思う。

中年の権力ある女性が、若い男の子に抱きついて唇にキスを迫る様子は、やはりみっともないのである。

私なんか昔から、そりゃいろいろ言われてきた。男の編集者でちょっといい男だと迫るだの何だと、業界のゴシップ雑誌に書かれたりもした。力を持っていると見なされる女に対しては、石つぶてのように悪口がとんでくるから、本当に自重しなくてはならないのだ。

だから私は今でもどんなに若い人でも、担当者のことを「○○君」と呼んだことはない。〝君〟呼ばわりすると、それだけで尊大なおばさん作家になってしまうからだ。

自分の好きな時に呼びつけたこともなければ、飲み相手や遊び相手を命じたこともない。相手が若い男性だと、そりゃあ気を遣ってきたのである。

だから作家のA子さんの出現は驚きであった。彼女はデビュー早々、

「男性編集者、すべての出版社とした」

と言ってのけたからである。この発言は業界に衝撃を与えたものだ。ある出版社の社長さんやえらい人と食事をしていた時、話題がそのこととなった。

「うちは大丈夫だろうな」

社長が出版部長に尋ね、

「はい、うちは担当者みんなに聞いたところ、そんなことはあり得ない、って言ってまし

た」

「そりゃー、よかった。ホッとした」

という会話を私はA子さんにチクった。私は私とはまるで違う奔放さを持つA子さんが結構好きで、今も仲よくしている。

「そこの出版社どこ？」

彼女は尋ねた。

「○○○社（注・マガジンハウスではない）」

「○○○社ね。ふっふっふ」

と彼女は不敵な笑いを浮かべたものだ。

さらにこの一連の話を先輩作家にしたところ、彼女は眉をひそめて、

「ノーと言えない相手に、そういうことをするのはよくない」

と言ったものだ。私もなるほど、そうだと思った。いいかげんである。

スケート連盟会長が、スケート選手にブチューッとするのは本当によくない。たとえ会長が女でも、力持つ方がブチューをしかけちゃダメ。キスはあくまでも愛情を持った対等な男女がするもの（同性でもいいけど）。

それにしてもあの「いいキスをしよう」のガムのCMステキですね。あれを見るたびドキドキする私です。あれがキスの理想形。年上の女が、無理やりおさえつけてするキスは、キスじゃない。ただの接触だと思う私。

どうする、服装生活

こんなに長いこと、服を買わない時はない。

いつもだったら、二ヶ月に一度ぐらいどばっとまとめ買いをしているのに、今はおとなしくしている。

太ったせいもあるけれども、自分の服装生活についてものすごく反省したからだ。

友人と出会うと、とても素敵なTシャツを着ていたりする。

「それってシャネルだよね。いいねー」

と誉めたら、

「やーだー。香港でお揃いで買ったじゃん。色違いで」

と呆れられるが、言われるまで思い出せなかった。そしてすぐに家に帰って捜索したのであるが、どうしても見つけることが出来なかった口惜しさ……。

「洋服を買わず、探してコーディネイトしながらひと夏をすごそう」

と思ったら出来るもんですね。うちで着るワンピは三種類を洗たくして着まわしした。

ジャケットも、肩のあたりをチェックしてOKだったら着ていくことにした。

そうしたらごほうびのように、今日ひょっこりシャネルのTシャツが出てきたではないか。クリーニングの袋に入ったまま、戸棚の奥にきゅうきゅうに入れられていた。

洋服だけでなく、今年私は着物についてもあれこれ考えた。

「いつか着物を着ようと思ってたけど、もうその〝いつか〟になってんじゃないだろうか」

そうだ。

二十年くらい前、私はものすごく着物にハマってしまった。日本舞踊も習い、着物もじゃんじゃん買った。そして夢みていたのである。

「今はこんなにビンボーヒマなしだけど、そのうちゆっくりとした優雅な日がやってくるだろう。そうしたら着物を日常着にするんだもん」

ところが今は、あの頃よりももっと忙しい。〆切りに追われ、家事に追われ、毎日のように会食の予定も入る。そしてここで太り、ダイエットをしているうちに、あっという間に一年が過ぎる。

「私ってこんな風に、ガサツにあわただしく年をとっていくのかしら」

と、がっかりしていたところ、友人から連絡があった。

「うちにお茶室つくったから、ちょっと来なさいよ」

この人はものすごいお金持ちで、最近おうちを建てたばかりなのだ。

「せっかくだから着物着てきてね」

というリクエストだったので、訪問着をひっぱり出した。そして着付けとヘアサロンの予約もした。

実は日本舞踊をやめてからというもの、まるっきり自分で着物を着られなくなっているのである。それゆえいつも着付けの人をお願いするのだ。

そのうち私は考える。

「近所の友人のうちに行くのに、わざわざ遠いサロンへ行くのってどーよ」

私は日々、近所のサロンでブロウしてもらっているのであるが、この頃の若い技術者はアップが出来ない。ゆえに着物の時は、わざわざ青山の遠い店に出かけていた。これが時間がかかり、私を着物生活から遠ざけているような気がする。

「友人のところだし、自分で何とかしよう」

と思い立って、近くの商店街に出かけた。ビルの中に、髪飾りやウィッグを専門に売っているところがあるのだ。ウィッグといっても、ギャルが使うようなお手軽なもの。あれを自分の髪に装着すれば、アップも出来ると考えた。

しかし出かけてみたら、お店は閉店しているではないか。私は真向かいのビルの中の百円ショップに出かけた。ここにいいものが売ってないかと思ったのだが、やはり百円のウィッグはなく、ピンとネットを買ってきた。

次はドラッグストアへ向かう。私って案外こり性ですよね。ここで黒いシュシュを発見。これさえあれば何とかなるのではなかろうか。

当日、不器用な私はアップどころでなく、ひとつにしばって、このシュシュをするのがせいぜいであった。が、着物を着さえすれば何とかなる……。

しかし私はお茶会を甘く見ていた。そう、長いこと正座をするんだったわ……。私はすぐに足が痺れてきた。私の体重を支える足は、ものの十分ぐらいで悲鳴をあげたのである。

「何とかしてくれー！」

幸いなことに、そのお茶会は初心者が多かったので早めに終えてくれた。そして立ち上がる時、

「大丈夫ですか」

と隣に座った男性が私の手をとって持ち上げてくれた。まずは体重を減らさなきゃ。

友人が言う。

「今度からここでお茶を習いなさいよ。着物の着付けも私がやってあげるからさ」

私は何年かごとに〝和のテイスト〟に導かれる時期がある。今回は五度めぐらいのそれがめぐってきたような気もする……。さて、どうしよう。

ビッグになった少年たち

二十四時間テレビに、じーっと見入った私。

城島リーダー、本当に頑張りましたね。

彼は途中で足は痛くなるし、歩いてしまうし本当に心配していた。が、武道館が近づいてからの猛ダッシュ。

「がんばれー、私も一緒に走るから」

私はテレビの前で思わずランニングを始めた。最近、運動不足を実感していたこともあるが、応援せずにはいられなかった。

「私もリーダーが、武道館着くまで走り続けるからね」

ときっぱり。たった二キロですけども。そうしたら傍にいた夫から、

「やめろよ。キミの体重でフローリングの床がいたむから」

とひどい言葉を浴びせられた。

そう、途中から躍り出るようにして加わったＴＯＫＩＯのメンバー。あれに感動した人は多かったに違いない。松岡クンとは一度対談させていただいたことがあるが、本当に男

っぽくて素敵。ゴール間近で「一人で行けよ」とリーダーへのジェスチャーにもじーん。それから忘れてはならないのが、関ジャニのメンバーの活躍であろう。村上クンはじめ一生懸命番組をもり立てているのがわかる。が、二十四時間起きっぱなし（たぶん仮眠は取れるだろうけど）というのは、若い彼らにしてもつらかったに違いない。錦戸クンが立ったまま、睡魔に襲われ半目になっているのが、本当にかわいくて、友人にメールしたら、

「私も見てるよ。胸キュン」

という返事が返ってきた。

しかしその合い間に、あれだけ歌って踊れるというのはたいしたもんである。城島リーダーは、

「オレは四十三のただのおっさん」

と強調していたが、ジャニーズメンバーの身体能力というものはすごいものがあるはず。若い時からものすごいレッスンを積んでいるのだ。底力がある。だからダッシュをかけようと思えばかけられるのである。

そういう指導が関ジャニまでいきわたっているんだろうなァ。

私はふつうのおばさんであるが、仕事柄こういうスターの方々に会うことがある。

あれは今から八年ぐらい前のことであろうか。私はこれまた対談でおめにかかった森進一さんから、

「ハヤシさん、〝じゃがいもの会〟のコンサートに出て」

と誘われたことがあった。といっても、プロの方々に混じって歌を歌うわけにはいかない。私は募金箱を持って会場を走りまわる係となった。

関ジャニの方々はとっくにデビューしていたが、まだ東京では浸透していなかったような気がする。

司会の黒柳徹子さんが、

「関（セキ）ジャニの皆さん」

と言ったぐらいである。関サバや関ガレイみたいにご当地ものと思っていたんだろうか。

私は募金係に徹していたので、地味な紺色のパンツスーツを着ていた。はからずもこれはコンサートのスタッフと同じスタイルであった。であるからして、出演していた関ジャニのメンバーも、私のことをスタッフのおばさんと認識していたようである。

触れ合いはまるっきりなかったのであるが、彼らは最後にスタッフのおばさんとおぼしき私にも、

「お疲れさまでした！」

と挨拶してくれてとても感じがよかった。

そしてこのエピソードを、前にもこのページに書いたのでちょっと気がひけるのであるが……。

コンサートが終わり、私と当時のアンアン編集部の担当者ホッシーは外に出た。付き人もマネージャーもいない私は、こういう時にホッシーについてきてもらっていたのだ。

NHKホールのまわりには、いわゆる〝出待ち〟の女の子たちがいた。今だったらすごいことになってるだろうけど、当時の関ジャニの出待ちは三十人ぐらいだったと記憶している。

「ふーん、東京でも結構人気あるんだね」

恥ずかしながら、私もそのコンサートで初めて関ジャニの名前を知ったのである。

「何言ってるんですか。今、若い人の間で、すっごい人気ですよ。特に錦戸亮クン、ブレイクしてます」

「ふうーん、錦戸クンね……」

その名前はしっかり刻み込んだ私。

出待ちの女の子たちは、当然のことながら出てきた私とホッシーは完璧スルー。しかし中に愛想のいい女の子が一人だけいて、私たちに近づいてきた。

「ハヤシさん、お疲れさまでしたァ。関ジャニと会いました？」

「うん、錦戸クンと握手してきちゃった」

そのとたんキャーッと大歓声が起こり、みんなが私たちめがけて向かってくるではないか。大急ぎでタクシーに乗り込んだ私にホッシーが、

「ハヤシさん、なんでそんな嘘つくんですか」

と怒ったのも楽しい思い出。あれからビッグになった関ジャニ。あの時はまだ少年だったのに。ね。

泡となったサプリ

先日あるテレビ番組に出ることになりＴＢＳの人気アナウンサー・安住さんがうちにいらした。俳優の鈴木亮平さんも一緒だ。ＮＨＫ朝の連続ドラマ「花子とアン」で、吉高由里子さんの夫役をやっていた方である。

どうしてそういうことになったかというと、「花子とアン」のおかげで、私が二十年前に出した白蓮の伝記がやたら売れ出した。その縁で、安住さんと鈴木さんが遊びにやってくるという趣向だ。白蓮の本の話をしてほしいと言う。

テレビで見ていた時は、

「そんなに私のタイプじゃないかも」

とエラそうに思っていた私であるが、鈴木さんの本物を見てびっくり。背は高いし、知的な感じだし、ハンサムだし、ものすごくカッコいいのである。

ひと目見るなり私は、ただのミーハーのおばさんと化し、

「わー、毎朝見てますぅー」

「テレビで見るより、本物の方がずっと素敵」

とわめいた。その時安住さんの冷たいひとこと、

「作家なのに、随分貧しいボキャブラリーですね」

例によって安住さんにいじられっぱなしであった。

放映されたテレビを見ていた娘は薄ら笑いをうかべて言った。

「ママって、すっかりお笑いデブキャラ確立したね。こっちで食べてった方がいいんじゃないの」

確かにテレビに出ている私はデブ。出てない時もデブなんだけど、本当にひどいの。そう、昨年より五キロぐらい太って、昨年の服が着られないんだもの。

「もうこれは病気かもしれない」

とさえ私は考えるようになった。

「そうよ、そうよ。食べるもんだって気をつけて、いつもご飯やパンは食べないもの。時時スイーツどか喰いするけど、頭を使うから仕方ないわ。ビールだってこの頃は飲んでない。その替わりワインや焼酎は飲むけどさ。世の中には私よりもずっと食べる人がいるのに、そういう人たちは全然太らないじゃん。そうよ、こんなにすぐ太る私は病気なのよ」

などとボヤいていたら、友人からメールが入った。美容関係の薬品や機材を輸入する女社長で、いつも最新の情報を届けてくれる。

「マリコさん、絶対に痩せるサプリを手に入れました。会って詳しいことをお話しします」

さっそく会うことにした。次の日、ランチのレストランにあらわれた彼女を見てびっくり。八キロも痩せてまるで別人のよう。もともと美人だったけれど、つけ睫毛もばっちりして、女優オーラさえ出しているではないか。

しかし顔も変わったような……。

「お直ししたの？」

「違うわよ。痩せたら小顔になって、目が大きくなったの。だからつけ睫毛もしたら、こんなに大きくなっちゃって」

私とそんなに年が変わらないのに、本当に羨ましい。

「マリコさん、このサプリとこれとこれを飲んでみて」

五種類渡された。

「それから四週間は、絶対に炭水化物を摂っちゃダメよ」

はい、はい。いつものアレですね。しかし彼女は言った。

「だけど次の四週間は、好きなものを好きなように食べていいの。そしてまた四週間このサプリを飲んで炭水化物をやめる。すると五、六キロ、どーんと落ちる」

「わかった。私、頑張る」

これなら続けられそうだ。

朝、私は決意と共に五種類のサプリを飲んだ。そして午後、ある会議に出かけた。ここのお弁当はいつも豪華な幕の内が出る。まぁ、ご飯を食べなければＯＫだろう。

が、その日私の前に置かれたのは、立派なお重である。

「ウナギかしら」

ふたを取った。びっくりした。カツ重だったのである。

メニューがついている。平田牧場の豚に淡路島の玉ネギ、比内地鶏の玉子、ササニシキの新米だって。黄金色に輝くカツ重。これで食べない人がいるだろうか。私は食べた。

今日はカツ重であるが、カツ丼は私の大好物である。大学の学食でこれがメニューにのっていてよく食べたものだ。

しかしご存じのように、カツ丼のカロリーは七百八十ぐらいある。ダイエッターにとって禁断の食べ物である。もう十年以上口にしたことがない。

私は喜びと不安に震える手で箸を握った。おいしい。甘さと脂の溶け合うこの美味……。

「いいのよ、私、もうおばさんキャラで」

と思う。しかしそこでアレを思い出す。

朝飲んだサプリは無駄になったではないか。これではいけない。

次の日、私はまた心を入れ替え、朝サプリを飲んだ。が、仕事先で出されたものは、なんとオムライスであった。

オムライスもカツ丼と並んで私の大好物。みんなが私をデブにする。あーん。

ローマな休日

私はフランスが大好きであるが、もちろんイタリアも大好き。考えてみると、この頃食事に行くのはフレンチよりもイタリアンの方が多いかもしれない。フレンチもいいけれど、濃いバターソースを使わず、あっさりと仕上げるイタリアンの方がヘルシーと思ってしまう。

イタリアって男の人もいいですよね。

ずっと昔、若い歌手のための作詞を頼まれた時、

「イタリア男の腕に抱かれ、エスプレッソを飲むのよ〜」

とか何とか書いたような気がする。

もちろんおつき合いをしたことはないけれど。

イタリア語通訳にして名エッセイスト、田丸公美子さんの本によると、イタリア人の男性というのは、カトリック文化であるからマザコンにして女性好き。女性は口説かないと失礼だと思っているそうだ。

ある時、新聞を読んでいたら、田丸さんが「私の宝物」というコーナーにお出になっていた。手にはたくさんの手紙の束。通訳の際、イタリア人からもらったラブレターだそうだ。中には後に政界や財界の要人になった人も何人かいるという。いざとなったらこれでお金をせしめるとか！

すごいです。いずれ歴史的価値を持つものであろう。

これも何年も前のことになるが、ドイツのロマンティック街道を女友だちと一緒に旅した。現地でツアーに入ったのであるが、いろんな人種がいて面白かった。

アメリカ人の中年女性が一人で参加していたのであるが、ものすごい派手な格好をしていた。そして私たちに訴える。

「あのイタリア男がしつこくてたまらないのよ。全くイヤになっちゃう」

確かにイタリア人の男性が一人でいたのであるが、まだ若くてそれなりにカッコいい。

まだ若かった私は、

「なんであんなオバさんに……」

と呆れ、それから、

「イタリア人って、本当に女の人と見れば口説かずにはいられないんだなア」

と感心したものである。

そんな私であるから、初めてイタリアを旅行する時、どれほど期待していたことであろう。私はちゃんと振り払うけど、どういう風にイタリア男が寄ってくるのか、ぜひ体験したいではないか。しかも同行者は、幼なじみの当時CAをしていた女性である。かなり美人。こっちが誘虫灯のような役割をするのではなかろうか（何の話だ）。

しかし誰ひとりとして、私たちに声をかけてくれなかった。

「あっちだって選ぶ権利あるわよ。あーあ、年はとりたくないわね。若い時はローマに飛ぶと、イミグレーションの係員でさえ色目を遣ってきたもんだけどさ」

と彼女は嘆いた。

そしてこの頃、私は毎年のようにイタリアにオペラを聞きに行くけれど、やはり誰も声をかけてくれない。チャオのひとつも言ってくれない。噂のイタリア男どうしたんだ。私がオバさんのせいかと思ったが、グループの中の若い女性も、街で買物しても誰ひとりアプローチしてこないんだそうだ。ドイツやイギリスにいるのと変わりない。

これまた田丸さんのエッセイによると、最近グローバル化のせいで、イタリア男のDNAはかなり薄らいでいるとか。もう昔のようなことはないそうである。なんだか淋しいかも。

ところでつい昨日のこと、イタリア大使館のディナーに行ってきた。新しく売り出すイタリアワインのお披露目を兼ねて、

「イタリアンウィークっていうのをするの。東京中のイタリアンレストランで、ランチが安く食べられるのよ。大使館では着席式ディナーで、ブルガリレストランのシェフが来るのよ。すっごくおいしいはず」

という知り合いからの誘いだ。すぐOKした私。

フランス大使館や英国大使館には何度かお招ばれしているが、イタリア大使館というところには行ったことがない。

イタリア大使館……。素敵な響きである。どこにあるかというと、三田にある。昔、浅野内匠頭のお屋敷だったそうだ。たいていの大使館がそうであるように、宏大な敷地にクラシカルな建物が建っている。

こぢんまりとしたディナーで、秋の花と果物をあしらったテーブルセッティングが素敵。そしてブルガリレストランのシェフがつくるお料理もとてもおいしかった。

何よりびっくりしたのは、イタリア大使があまりにもカッコよかったことだ。そう若くはないが、イタリア映画に出てくる大金持ちの実業家、といった風情。話をする時も煙草をスパスパ吸って、吸いガラを床に落とす。こんなのあり!? というマナーだが、このしぐさがサマになっている。私はつい、

「ビイシー・ダルテ、ビイシー・ダモーレ」

とオペラの一節を口走った。私の知っているイタリア語はこれだけですもん。「歌に生き、恋に生き」。なんだかやたら楽しい。イタリア大使館にいるだけで、ドラマティックな夜は過ぎる。

それって幻想だよ

新宿を歩いていたら、「ルミネ」の2014年の広告コピーの文字が、ビルに直接、大きく飾られていた。

「会えない日もちゃんと可愛くてごめんなさい。」

一瞬考え、すぐに意味がわかった。

彼と会わない日、女友だちと会ったり、ふつうに会社や学校に行く日でも、うんと着るものに気を遣う。これが女の子というものでしょ、ということである。いいコピーだ。

ところで、ファッションセンスに自信がない私でも、

「今日はうまくいった」

という日がある。さし色に使ったインナーがすごくきいてるし、選んだアクセサリーもぴったり。行った先で、

「ハヤシさん、今日は素敵ですね」

なんて言われたりする。その相手が、ファッション誌の編集長だったりするとものすご

く嬉しい。やったーと思う。が、だらしない私は次の日の朝、こうつぶやいている。

「昨日と同じコーデじゃいけないかしら？」

夏だったらしませんけど、今は秋。インナーだってクリーニングに出す前、もう一回ぐらい着てもいいような気がするの……。

そして私は、何から何まで昨日と同じ格好をして、同じバッグを持ち靴を履いてお出かけする。今日会うメンバーは、昨日とは違うと確信を持って……。

ところが、そういう時に限って、

「急に来ることにした」

「誘われて」

なんてことで、昨日と同じ人たちが来ていたりするんですよね。その時はかなり恥ずかしいかも。

ところで「ルミネ」のコピーにあるとおり、最近の女の子はみんな可愛い。おしゃれでスタイルもいい。が、街ゆく人を見ていたり、テレビの街頭インタビューを見ていたりすると、五人に一人ぐらいの割合でそうでもないコがいる。

「歯を直せばなんとかなるのに」

と思うぐらい出っ歯だったり、顎がなかったりする。目が小さくて、地味な顔立ちのコも結構いる。しかしその傍にはかなりの確率で彼氏がいる。

昨年（２０１３年）のこと、『野心のすすめ』のヒットのおかげで「金スマ」に出して

いただいた。中学校の回想シーンで、

「ブス、あっちに行けー」

「お前がいるとうざいんだよ」

と男の子にいじめられる私。あれを見ていた多くの人たちから、

「ハヤシさんって、本当にかわいそうだったのね」

「あれじゃ、性格が歪んでも仕方ない」

などと同情の声があがったのである。が、ちょっと違うんだよなーと思う私。特定の男の子にいじめられたのは本当であるが、それは私がブスだったからだけではないと思う。のろまとか、反応が変わっている、といういろいろな要素があったのだ。

それに、

「ブスだから悲惨な少女時代をおくった」

「そしてそのことが性格を歪めた」

というのは、男の人の幻想だ。

ごく悲惨な例を除いて、女の子というのはそんなにヤワなものではないはずだ。

美人に生まれなかったのは仕方ないけど、

「ま、この顔でやってくか」

と納得するのが、たいていの女の子の気持ちではなかろうか。

「いざとなったら、ちょいお直し」

「このレベルなら、化粧で何とかなる」

と前向きに考える。そしてほとんどそのとおりになるのだ。

女芸人さんたちと、対談で時々おめにかかる機会があるが、不器量をウリにしている人たちでも、みんな魅力的でびっくりする。

「ふつうに社会で生きていれば、個性的でそこそこ可愛い、って言われる人たちではないだろうか」

といつも思う。

彼女たち、自分のことをまるでブスとは思っていないに違いない。

「中途半端だったら、いっそこっち側にきて仕事にしよう。金を稼ごう」

とある日思ったのだろう。それに、

「私の魅力っていうのは、すごいものがある」

という自信、

「そこいらの男には、ちょっとわからないし、たやすく見せるつもりもないよ」

というプライドに溢れている。

私もそうだけど、彼女たちは、女子アナとかモデルに目の色変える、ＩＴや外食産業の社長さんたちのことを〝ケッ〟と思っているはずだ。

「あの人たちって、結局はそんなもんだよね」

女を容姿でしか評価しない男の人たちが、女を差別していく。

お腰が痛むの

朝起きると、右の腰からお尻にかけて激痛が。

「ひえーっ」

と必死になり、芋虫のようにころがってなんとかベッドから降りた。

「毎晩遊び歩いているからこんなことになるんだ」

と夫はひどいことを言う。

なんとか三十秒後にはすっかり元に戻り、ふつうに朝ご飯を食べることも出来た。

しかし次の日も次の日も、やはり同じような痛みが。しかも起き上がって、痛みがなくなるまでの時間はどんどん長くなっていくではないか。

この頃はふつうに動きまわれるまで十五分はかかる。

「それ、まずいよ。早く治した方がいいよ」

いろんな人からアドバイスを受けた。

びっくりするくらい、みんな腰をやられている。それも年とった人ばかりでなく、若い

人にも多い。

バイトに来ている大学院生も、昨年やられたそうだ。

私のように長時間、椅子に腰かける仕事の者は、今までならなかったのが不思議なぐらいだ。

「治せ、っていったっていったいどこに行けばいいんだ」

と考えているうち、駅の近くにストレッチの店が新しく出来たことを思い出した。

さっそく出かけたところ、一時間六千円のコースでみっちりやってくれた。私みたいな体積の多い人間を、ひっぱったり押したりするのはさぞかし大変に違いない。若い男性が施術してくれたが、終わった時はうっすらと汗をかいていた。

彼によると、私の腰やお尻は筋肉がガチガチに固まっているという。

「ほぐしておいたから、かなりラクになると思いますよ」

確かにそんな気がしてきたので、十枚つづりのチケットを買って家に帰った。そうしてメールを見ると、知らない人からのショートメールが入っている。

「はじめまして。僕は○○さんから紹介されたトレーナーの△△です」

そういえば、友だちが家に来てくれる、すっごくいいトレーナーさんを紹介してくれると言っていたっけ。

申しわけないので、試しに一回来てもらうことにした。そうしたら若い男性が黒いマットを持って家にやってきた。こっちもひっぱったり、折ったり、押してくれたりする。こういう時、体が固いというのはかなり恥ずかしいですね。

顔が小さい方がいいように、体もやわらかい方がいいに決まっている。が、いったい何のためにだ？　外からはわからないけれど、そういうことになっているのだ。

そして一時間半のストレッチが終わった。

「あの、料金おいくらですか」

「いいえ、今回はトライアルなのでいりません」

ときっぱり。

「いいえ、そんなわけにはいきませんよ」

「それなら、もし気に入ってくれたら、来週から契約してください」

駅前のストレッチも気に入っているのであるが、家に来てくれるという魅力も捨てがたい。

「わかりました……」

頷くと、

「それではこれを」

とさっそく契約書が差し出された。十回分の料金が書いてある。びっくりするような料金であった。

しかし気の弱い私は、その場でサインした。

「高いからイヤ」

なんて断ることは絶対に出来ない。

「悪いけど、この金額、振り込んどいてくれない。これで今月買物なし」

とハタケヤマに頼んだら、

「ハヤシさん、仕方ないですよ。家に来てくれるんですから」

と慰めてくれた。

そして次の回からやってきたのは、若い可愛い女の子であった。なんでもプロのダンサーだと。彼女がストレッチしてくれるのは気持ちいいのだが、やはり痛みは取れない。

そんなわけで、私はまた駅前の店にも通うことにした。こちらは若い男性が一生懸命やってくれる。なんと週に二回もストレッチをしてもらうことになったのだ。

それなのにやっぱり腰の痛みはそのまんま。誰かなんとかしてほしい。「アンアン」で「腰痛特集」やってほしい。そんなおばさんっぽいことやってくれないか。「体の悩み特集」ならありかな。

私はつまらぬことを考える。腰痛よりも「めまいがする」という方が、人には言いやすい。「食欲がない」なんていうのもいいかも。「肩こり」はみんなに共通の悩み。「肥満」は、もう考えただけでイヤになる。心の悩みでもある。

そして一ヶ月、私の腰痛はまだ治らず、相変わらずベッドの上で芋虫ゴロゴロをやっているのだ。

手ぶらでいらしてね

私がエンジン01という、文化人の団体活動を、一生懸命やっていることは皆さんご存じだと思う。

秋元康さん、茂木健一郎さん、勝間和代さんといったすごいメンバーがいる。会の代表は作曲家の三枝成彰さんだ。

エンジン01は、年に一度オープンカレッジといって、地方のいろいろな都市に行き、七十コマぐらいのシンポジウムをする。高知でミュージカル「龍馬」をつくって、上演したのも楽しい思い出だ。

そして今度のオープンカレッジは、富山県と決まった。大会委員長は俳優の奥田瑛二さんだ。

奥田さんから要請があった。

「ポスターつくるのでモデルになって」

ここのポスターは、比較的私がモデルになることが多い。今年の甲府大会は、私は妖精の（?）役となった。私が幹事長なので、皆が気を遣ってくれているに違いない。

私はいつも申しわけなく思っているので、奥田さんに言った。

「他に若くて綺麗な人がメンバーにいっぱいいるから、そちらの方を頼んで」

しかし、

「ハヤシさん以外のモデルは考えられない」

という有難いお言葉である。嬉しくなった私はさっそく撮影に臨んだ。その前に、

「ハヤシさんには大振袖を着てもらいます」

というお達しが。髪も大きなひさし髪を結うようにと、奥田さんの意向である。

「じゃあ、『花子とアン』の蓮子さまのイメージで」

勝手なことをヘアメイクさんに頼んだ私。が、出来上がってみると、眼鏡をとった白鳥かをる子さま（春菜さんがやった役ですね）ではないか。

私の傍には、米俵をかついだ奥田瑛二さんが中腰で立つ。キャッチコピーは、

「女はつよいよ　男はつらいよ」

だって。

ポスターが出来上がり、絶句した。デブのおばちゃん、しかも漫才師みたいに大振袖着たおばちゃんがずでーんと立っているワケ。傍の奥田さんがほっそりしているので、太っているのがますます目立つ。

そして私は決心した。

「自己流で痩せるのはもうやめよう」

誰か私にネジを巻いてくれないと、私、このままデブのまんま。

私はおしゃれのセンスはイマイチかもしれないけど、お洋服は大好き。いろんなブランドのものを着たい。ファッション雑誌のグラビアを飾るようなものを身につけたい。そう思って一生懸命働いてきたのに、このままじゃL判コーナーの服しか着られなくなる。私の人生のモチベーションが下がってしまう。

そんなわけで、私は三年ぶりに肥満専門の先生のところへ行った。そうしたら、

「マリコさんは、もうやり方わかってるよね」

と、くれたのはビタミンと水素のサプリメントだけ。

しかし二週間に一度、ここの体重計にのるのはすごいプレッシャーになる。肥満の度合い、今、平均よりもどのくらい上のデブかということが、データではっきりと示される。そしてお説教がある。

とにかく私は頑張ることにした。

それなのに、私をめがけてスイーツの集中砲火が……。

うちにやってくる編集者というのは、たいてい手土産を持ってきてくれる。みんなよくいろいろなお店を知っているので、人気のスイーツばかりだ。(今度のアンアンの手土産特集見てください)

先日はしろたえのシュークリームと、うさぎやのどら焼きが重なったことがある。そして日本全国からも、ダンボールでどんと届く。高知の芋けんぴ、沖縄のサーターアンダギ

ー、北海道のレーズンクッキー、どれも私の大好物ばかりである。これを我慢するのがどんなにつらいことか、おわかりいただけるであろうか。

食べる替わりに私は、うちに来たお客さんにお出しする。いろんなミーティングの場所にも持っていき、みんなに感謝されている。

ところが思わぬところに、意外な落とし穴があった……。

九月からお茶のお稽古を始めた私。ずうっと昔もやっていたけれど、この時は正座が出来なくてすぐにやめてしまった。今も正座が出来るわけではないが、フレアースカートの中でうまくごまかすすべはあるのだ。

お茶のお稽古は、まずお抹茶をいただくところから始まる。そしてこの時、季節にちなんだ餡の入ったお菓子が出る。

ふと思った。

「週に一度、必ずこのお菓子を食べるのってどうなんだろう」

そして浮かんでくるのは、

「糖分をとると、こんな風な成分が発生して、脂肪をつくる」

という、クリニックでこんこんと説明される図である。

だから私は、半分だけ残してこっそりお懐紙にくるんでしまうことにした。

今度はやる気でしょ。皆さま、当分うちに手土産は結構ですよ。

ピンクの小粒とソウルの秘薬

ビロウな話で申しわけないけれども、便秘に悩んでいない女の人というのは、とても少ないのではなかろうか。

私のまわりでも、たいていが悩んでいる。そして自分なりのやり方を持っている。ある人はヨーグルトがいいと言い、ある人はバナナが効くと言う。

「まず冷たい水を飲むのよ」

と言う人はとても多い。

デブにありがちなことであるが、私は、ずーっと筋金入りの便秘症。これでどのくらい苦しんだことであろうか。うんと若い時、のたうちまわるほどの痛さに、救急車を呼んだことさえある。あの時は本当に気絶寸前と思われるほどであった。

が、近くの病院へ行き、レントゲンを撮ってもらったら、

「ものすごい便秘ですね」

と冷たく医師に言われた。そして夜の救急病棟から一人帰る時の恥ずかしさといったら……。

あの時のことがあるので、私は二度と便秘では救急車を呼んだことがない。（あたり前ですが）

そんな私なので、ありとあらゆるいろんなことを試してきた。クマザサ、ハーブ、漢方、アロエ、といったものの他に、体操だってやってきた。しかしどれも体が慣れてしまうと元のモクアミというやつになってしまう悲しさ。

便秘症の人ならわかってもらえると思うが、ひどい時はお腹が痛くなる。ずーっと張ったような感じが続くのだ。すると背中を丸めて歩くことになる。飲み会や食事会も途中で帰る。デイトも中止してもらう。

学生時代、テニスの試合の前にこれがやってきた。つらくてうずくまっていると、友人が、

「ちょっと来て」

と言って私を床に寝かせた。そして掌でお腹を強く押してくれたところ、ウソのように治ったのである。よって今でも自分の手で押すがうまくいかない。

以前、肥満専門のクリニックに行った時、ゼニカルをくれた。これは脂肪をつつみ込んで外に押し出す薬で悪名高い。

「ガスには気をつけてくださいね」

と何度も言われた。

「気になる時はおむつをして」

まさかと思ったところ、私と仲のいい友人（男性）は、焼肉の前にゼニカルを飲んで、ちょっとオナラをしたところ見事におもらしをしたそうだ。私は怖くなって飲むのをやめてしまった。そんなことがあったら、女としてもう生きていけない……。

そしていろいろやってきた結果、

「便秘はもう私の宿命かもしれない」

と諦めていた頃、もうお話ししたと思うがソウルに行ったんですね。そこで漢方のクリニックで、美人のドクターに診断してもらった。

その時彼女は私の便秘のひどさに驚き、

「あなたは体からすべてのものが排出しづらいのね」

と教えてくれた。お金を払ったところ、一週間後、ソウルからものすごく大きな発泡スチロールの箱が届いた。中をこじ開けると一ヶ月分の漢方である。朝、昼、晩と食事の前に飲む。チューブ式なのでとても飲みやすい。

おかげで三日後からお通じもベリーグッドになった。

「おそるべし、韓流ダイエット」

と私はすっかりこの漢方の信奉者となったのだ。

今、痩せるためとお通じのために、朝は特別ドリンクにしている。まずチューブ入りの漢方を飲んだ後、容器の中に、プロテイン、緑茶、黒ゴマ、食物繊維に、豆乳と牛乳を半分ずつ入れシャカシャカ……。ひと息に飲み、そしてヨーグルトにハチミツを入れて食べる。そうすると二時間後、お腹が信号を送ってくる。

私はすっかりこの漢方に満足し、十月分も送ってもらうようにした。ところが、ところがです。私のお腹はこの漢方にも慣れてしまったようなのである。そのうち、ウンともスンとも言わなくなったのだ。

四日間、私は苦しんだ。昔なら四日ぐらいどうということもなかったのだが、快調が続いていたこの頃だとつらい。

やがて私はついにクスリに手を出した……。クスリといっても、おなじみのあのピンクの小粒の便秘薬であるが。

夜二粒飲み、次の日の朝、私は体重計にのった。やっぱり増えている。ちゃんとダイエットをしているのに増えている。本当に生きているのがイヤになる気分の時。

しかしそのうち、薬のおかげでお腹がゴロゴロしてきた。急いでトイレへ。

この間のことは詳しく書きませんが、本当にいい気分。成果あり。

私はつくづく思った。

「こんだけのものが、今まで体の中にあったなんて。人間はなんてすごい仕組みになってるんだ」

体重計にのってみた。なんとトイレに行く前より四百グラム少なくなっていたのだ。四百グラム！　すごいと思いません？

便秘を治したい、心から思う私である。

クロコのバーキン

私とエルメス・バーキンとのつき合いは、そりゃあ深く長い。一冊の本にもなるぐらいだと思う。

最初にパリの本店で買った昔、バーキンもケリーもオータクロアも、ふつうにショウウインドウに飾ってあった。値段もそれほど高くなかったと記憶している。何をトチくるったか、私はバーキン、ケリー、オータクロアの三個を購入した。そして成田の税関で、正直に申告したところ、ものすごい額の税金を取られた。が、この時のバッグは私の手元に今は一個もない。なぜかというと当時流行っていた誌上チャリティバザー（マガジンハウス系の）に、みんな供出させられたからだ。あの時テツオからイジイジ責められた。

「こういう時、パーッとバーキン出してこその林真理子だろー。そこで世間の人は『まあ、ハヤシさん、太っ腹でカッコいいわねー』っていうことになるんだ」

この頃、世の中はバブルというのが始まり、独身だった私は、しょっちゅうパリにお買物に行ってました。パリのエルメス本店には日本人観光客がわーっと押しかけ、スカーフ

売場なんか近づけなかった。そしてみんな「バーキン」「ケリー」と言い始め、いっきに入手困難となった。

あの頃、本店になじみの店員がいて、さっとバーキンを出してくれたり、注文を受け付けてくれるのが一種のステータスであった。芸能人でもそういうことをしてもらえる人と、全く相手にされない人との二手に分かれていたと思う。

私もいい顔したいばかりに、あの頃行くたんびにバーキンを注文していた。自分の好きな色の革を選んで、好きな大きさにしてもらっていたのだ。

そして月日は流れた。

人々は本なんか読まなくなり、私の本も売れなくなった。バブルの頃が夢みたい。好き放題、バーキンやケリーを買っていたとは自分でも信じられない。もうああしたものを買うことは二度とないだろうと思っていた。

そういえば何年か前、税金に困って、使っていない黒いクロコのバーキンを友だちに買ってもらったことがある。

さて昨年（二〇一三年）のこと、小説の取材で久しぶりにパリに。そうしたらコーディネイターの女性が、

「ハヤシさん、エルメス本店行きますか？」

と聞いてくるではないか。

「行ってもいいけど、私と親しかった日本人の店員さんは、みんな定年か退職したって聞

いてるわ。今は中国人の店員さんしかいないって」

「それが一人だけ残っていて、ぜひハヤシさん、いらしてください、お待ちしていますということでした」

ということで、彼女と男性編集者二人と行きましたよ。本店に入る、この気持ちの昂ぶり、懐かしいなア……。おまけに何年かぶりにベストセラーが出て、私の気持ちにも余裕があった。それでつい、

「クロコを見せて」

なんて言ってしまった。そうしたら、

「二個だけ今あります」

とのこと。グレイと紺色の三十五センチ。値段を聞いてびっくり。昔買った黒のクロコの二倍ぐらいする。

「今までバーキンを欲しがったのは日本人と中国人だけでしたけど、最近はインドネシアの方も加わって、争奪戦すごいんです」

こんな値段ムリ……と言えばよかったのに、編集者とコーディネイターのすがるような目。

「ハヤシさん、日本の名誉のために買って。日本だってまだ国力あるって知らしめてー」

とその目は語っていた。

「その紺をいただくわ」

私は言った。えーい、何とかなるでしょう。

しかしその後が大変だった。あまりにも高額なため、限度額をもうけている私のカードでは払えず、夫のダイナースの家族カードを使ったところ、日本から確認の電話がかかってきたのだ。

そして帰ってきてからも大変。成田の税関でがっぽり税金を取られ、夫の口座から落ちたため、えらい騒ぎに。

「ハンドバッグが何でこんな値段なんだ！　頭がおかしいんじゃないのか」

さんざん怒られ、一年がかりのローンで夫にお金を返すことにした。そしてジャーン、ついにこのたび全額返し終わり、バーキンを使うことにした。本当に美しい紺色のクロコ。目立つことこのうえなし。

が、私は知っている。こういう高いものこそ、うんとカジュアルにガンガン使わなきゃいけないことを。この一週間、ずっと使い続け、山梨にも持ってていき列車の床に置き、雨の日も平気で持ち歩いた。おかげでピカピカ感が少し消えてぐったりしてきた。こんなことが出来るのも、長年にわたって使ってきた大人の知恵と余裕。若いコにはまず無理でしょう。

秋とスカーフと仲通り

つい先日（2014年）のこと、みのもんたさんの古希のお祝いに招かれた。

本当ならばうんとおしゃれをしたいところであるが、直前まで〆切りに追われ、やっとのことでタクシーに乗った。それで三十分遅れて会場に着いた。

そうしたらもう受付の前には誰もおらず、会場はあふれるぐらいの人、人、人。おそるおそる人の輪に近づいていったら、そこに太田光代さんを発見。あまりにも綺麗でびっくりした。はかなげな美人である。

それにしても有名人がいっぱいだ。私はこんなに大量の有名人を見たことがない。カルーセル麻紀さんともお話をした。久本雅美さんも見た。神田うのちゃんも来ていたが、あたりをはらうような華やかさ。チンチラの毛皮のケープとイブニングドレスを着ていて、すごいゴージャス。近くに寄っても、肌がすべすべしていた。

「うのちゃん、ますます綺麗になったんじゃない」

と言ったら、

「今日はちょうどヘアメイクしてもらったばかりだから」

ということであった。

私は口惜しい。ちゃんとお化粧をし、サロンに行ってくればよかった。これじゃ、私と初めて会った人みんなに、

「ハヤシマリコって、髪ばさばさのおばさんじゃん」

と思われたことであろう……。せっかくのデビュー（何のだ？）だったのに……。

そこに人々のざわめきが起こった。叶姉妹の登場である。燃えるような赤のイブニングドレスに、やはり赤い髪、オッパイが半分見えていて、まわりの人は、

「すごい……」

と興奮していた。私は別の人と話していて、後ろを振り向いたら叶姉妹がニコニコして立っているではないか。

「ハヤシさん、よろしくね」

「一度会いたかったんですよ」

気の弱い私は、あんなに叶姉妹のことをネタにいろいろ書いていたのに、

「わー！　キレイ。こちらこそよろしく」

と握手していたではないか。しかし恭子さん、気さくな感じでかわゆかったです。

そして次の日、興奮さめやらぬ私は丸の内のエルメスに出かけた。どうしてここに来た

かというと、ニッポン放送に出演するためである。テレビほどではないけれど、ラジオに出るというのも、気持ちが昂ぶるものである。

たそがれには少し早い、丸の内仲通り。東京の美しい風景ベスト5に入りそうな並木通りだ。カフェも出ている。こんな時はつい買物をしたくなる。

「そうだ、スカーフを買おう」

と私は思った。

というのは、その二日前、某ファッション誌のグラビア撮影をした私。こういう時、スタイリストなんかつかない。なぜならばデブのために、借りられる服のサイズがないのだ。わーん。

この時はふつうにジル・サンダーのスーツでOKだったのであるが、すごく困ったのがその三日前だ。

「新春号になるので、明るい色の洋服で」

という指定が来たのである。私は二年前の○○○のピンクのジャケットを持っていったら、あちらの編集者に、

「ハヤシさん、このジャケット、見る人が見ると何年前のものかわかりますから」

と言われた。そうですか、すいませんね……。

えーと、何を言いたいかというと、私のようにスタイリストがつかない〝自腹服〟の女は、しょっちゅう服を買わなければならないということなのである。

そう、そう。ジル・サンダーのジャケットを着た撮影の時、ファッション誌の編集長が、黒いニットに、エルメスのロングスカーフを巻いていた。それがとても素敵だったので同じものを欲しいと思ったのである。

スカーフを買い、ついでにシューズも。そうしたら店員さんが言った。

「ハヤシさん、このコートいかがですか」

それは紺色のどうということのないPコートなのであるが、さすがにエルメス、生地といい形といい、うっとりするくらい美しい。試着したところ、

「ハヤシさん、とってもお似合いですよ」

と言われた。

私は、ここで昨年ラップコートを買ったことを思い出した。エルメスでコートですよ、コート！　これがどんなにすごいことかわかっていただけるだろうか。信じられないような値段であった。

しかしグレイのような、薄いブルーのような美しいそのコートを、私はあるファッション誌のグラビアで見てしまった。小雪さんが着て森の中に立っていた。洋服が欲しいという時、人は頭の中で、モデルさんと自分とが入れ替わってしまうんですね。私にはエルメスのコートを毎年買う財力はない。Pコートは諦めた。そして替わりに夫のネクタイを買って帰った。こんな風にして私の秋の日は過ぎていった。

最強は〝赤ちゃん顔〟

いつも不思議だった。

芸能人というのは、下からカメラで写していても、どうして鼻毛が見えないんだろう。人に聞いてもわからないという。が、ある日雑誌を見ていたら、グラビアに「ここまで来たエステ」という特集があった。そのひとつに「鼻毛取りコース」というのがあり、鼻の穴に筒を入れワックスを流し込むんだそうだ。そして一気にはがすらしい。

わー、痛そう。私は絶対に耐えられそうもない。私はいいもん。鼻が低くてぺちゃっとしているので、穴も小さく下を向いている。中がよく見えないはず。

そこへいくと私の幼なじみで、ものすごいいい形の鼻をしている女がいる。誰かがきゅっとつまみ上げたみたい。美人の証であるカキの種を二つ斜めに並べた鼻の穴だ。赤ん坊の時から知っている仲だけど、一応聞いてみた。

「それって整形してるの？」

「まさかァ」

元CAの彼女はフンと笑った。

「整形してたら、こんなに格好いい鼻になるわけないでしょ」

そりゃそうだよなァ。

ところで話は変わるが、このところ私のまわりにおいては出産ブームである。昔、編集者や新聞記者といったマスコミの女性は、結婚もしなかったけれど、この頃はすぐ籍を入れ、あっという間に赤ちゃんを産む。ぐずぐずしているうちに、結婚も出産も乗り遅れてしまった先輩を見ているからだそうだ。

このページを以前担当してくれていたA子さんは、いかにもマガジンハウスの編集者らしいおしゃれな美人であった。別の大手出版社に勤めるダンナさんがいたのであるが、三年前に出産した。なんと双児の赤ちゃんである。男の子と女の子だ。忙しいママにとっては理想の子育て。いっぺんにめんどうをみられる。

写真を見せてもらったら、どちらもすごく可愛い。美男美女の両親に抱かれて、まるで何かのCMのようではないか。

私はこういうファミリーがもっと増え、世間に露出すれば結婚に憧れる女の子ももっと多くなるような気がする。そしてひいては少子化対策になると思うのだが、こういうことを言うと、

「結婚したくたって出来ない私はどうすればいいのよ」

という大ブーイングが。

そういう時は、私のようなおせっかいなおばさんに頼ることですね。キャリア・ウーマンのB子さんは三十五歳の時、私が紹介したうんとカッコいい男性とお見合いし、あっという間に結婚した。そして次の年に赤ちゃんを産んだ。このあいだその赤ちゃんを見に行ったのであるが、まあ、可愛いこと。ほっぺがぷくぷくしていて見ていて飽きない。

私も子どもを産んで育てたことがあるのだが、当時の記憶はまるでない。忙しくて夢中だったからである。だからヒトさまの赤ちゃんに触れさせてもらうと、非常に新鮮なのだ。赤ちゃんは私をじっと見つめたかと思うと、時々にっこりと笑う。じっと見ているうちに、ある人を思い出した。

そう、つい最近、人気ナンバーワンの女子アナ、水卜《みうら》麻美さんと対談したのである。「ミトちゃん」の愛称を持つ、あの愛らしいアナウンサーですね。

お会いしてびっくり。少しも太ってなんかいない。小柄なふつうの体型である。が、丸顔で色が白くやわらかい印象がある。

私はなぜミトちゃんがあんなに人気があるのかわかった。赤ちゃん顔なのである。誰にでも愛されるほんわかした顔なのだ。

パーツのひとつひとつはそう大きくはない。しかし形とバランスが何ともいえずいいのだ。

同じような顔に蒼井優ちゃんがいる。私はある夜小さなレストランで、白いコートと帽子をかぶった優ちゃんを見たことがある。天使かと思うぐらい可愛かった。本当に感動した。

再び話が変わるようであるが、男の人というのは、女性がやたら他人の赤ん坊を可愛がると引くようですね。私のまわりで、

「デイト中、赤ん坊見るたびに、わー、可愛いとか、触りに行かれるとぞっとする。早く子どもを産みたいのよ、何とかしてよって言われてるみたいで」

ということであった。

若い男というのは、本当にデリケートで自分勝手と思わずにはいられない。子どもが出来るようなことばっかして、恋人が赤ちゃんに興味を示すとイヤになるなんてひどい話だ。こんな男ばかりだから、日本の人口は減ってくんだと憤る私である。

インテリア改革！

　ダイエットがうまくいって、四キロ痩せた。そうするとウソのようにスカートが入るではないか。

　クローゼットの中に眠るものたちが、いっせいに目覚めた、という感じ。もう諦めて田舎の親戚に送っちゃおうかなァ、と考えていたものも、もう一度現役復帰。もちろんジャケットなど、どう見てもちょっと月日がたち過ぎているものもあるけれど、それ以外はたいていオーケー。

　レザー好きの私は、うんと高いプリーツ（レザーの！）をいっぱい持っていたけれども、これも活躍出来そうじゃん。

　あぁーなんかものすごく私、ファッショナブルになったような気がする。なぜならば、着るものが急に五倍ぐらい増えたのだから。

　今日はグレイのロングタイトに、黒いレザーのブルゾン。これは昔、香港で買ったものだ。これにペパーミントブルーのストールをぐるぐると巻く。そう、街でみんながやっているアレですね。

ものすごく決まったコーディネイトだと思ったのであるが、どこか野暮ったいのはなぜなのだろうか……。

街ゆく人を見ていてすぐにわかった。いちばんカッコいいのは外国人の女性。つまりこのストール巻きは、首の長さがモノを言うのだ。あと顔の小ささも。

が、こんなことを言っても仕方ない。おしゃれになる努力をしている人だけがおしゃれになれる。身だしなみ、というものはいったん手を放したら、あとはずるずると落ちていくだけ……。

さて、ダイエットが少しずつうまくいって、はずむ心は今度はインテリアの方に向けられた。

実はインテリアは、私の大好物である。若い時の愛読書は、海外のインテリア雑誌であった。

いちばん頑張ったのは、独身後期の頃であろう。私は断言してもいいのだが、女が恋も仕事も充実してくるのは、1LDKに住み始めた頃だ。カレがお泊まりしても、快適な空間になる。なんと言おうか、お話ししてもテレビ見ていても、背中の後ろはすぐベッド、という状況は、学生の時ならともかく、大人の女性だとちょっときつい。

やはりしかるべき独立したベッドルームが一つあると、余裕といおうか、優雅さも出てくるものだ。

そんなわけで、あの頃私もいろいろ家具にこだわり、早く一軒家を持ちたいと願った。

私好みの家具でまとめ、「家庭画報」とか「エル・デコ」とかのグラビアに出ちゃうんだもんね……。

そしてやがて家を建てた時は、それなりに頑張ったつもりであるが、今や広いフローリングの部屋は、雑多なもので溢れてしまった。

この部屋に置いたダイニングテーブルは、独身の頃買ったサザビーのもの。もう二十年近く使っている。思い出もいっぱい。

当時の飼い猫が、トイレ砂が汚いことに抗議して、ここでジャーッとおしっこをしたこともある。友だちを招いて、しょっちゅうパーティーをしていたのもこのテーブル。

二十年の間に木の表面は、次第に黒ずんでいって、すごくいい感じの艶が出ていった。ところが、新しく入った台湾人の、働き者のお手伝いさんが、漂白してしまった。ある日突然、白くなってしまったテーブルを見て私は息を呑んだ。しかし、

「どう、綺麗になったでしょ?」

とニコニコしているさまを見たら、文句も言えない。

その時なぜか、椅子も替えたくなってきたのである。

引越した時、テーブルについていた椅子をイタリア製のお高いものに替えた。が、ここにある問題が。

というのは、何年かごとに布のカバーを取り替えなくてはならないのだが、これがかなりの値段。しかも、

ない。

「本国まで取り寄せる」

ということで時間がかかる。

そんなことよりも困ることは、この椅子、脚がスチールで出来ていることだ。靴で食事をする欧米の人たちはどうということもないだろう。しかし日本人の我々は、素足かせいぜいがスリッパだ。何かのはずみで、この脚にぶっつけると、そのイタいことといったらない。

「あ、やった……」

としばらく言葉が出ないくらいだ。

そして折も折、「ブルータス」で椅子の特集をしているではないか。

ひときわ大きく取り上げられていた、これまたイタリア製の椅子に目がいった。クッションのところが、編んだ籐で出来ていて本当に素敵。さっそく六脚注文した。

この椅子の購入をもって、わが家のインテリア改革の日としたい。が、うちはみんなが散らかしまわるうえに、夫が大のお客嫌いときている。うちの素敵な椅子を見られる人は、あまり出てこないに違いない。

いいの。インテリアは心のおしゃれとセンスアップですもの。

〆切り終えたら…♥

私がお芝居や歌舞伎、オペラが大好きなことは、既にご存じであろう。

しかしこの頃忙しくて、涙を呑むことが多い。ギリギリまで仕事をしていて、やっぱり行けない、ということになる。そういう時、どうするかというと、私にはA子さんというお友だちがいる。

彼女はうちの一軒おいた隣のマンションに住んでいる専業主婦。子どもが中学生でもう手がかからない。ダンナさんは外資に勤める超エリート。

彼女は結婚前、某テレビ局に勤めていたのであるが、

「働くのが本当に疲れてしまって」

専業主婦の道を選んだのだそうだ。それもお金持ちの。

「あなたなんか頭もいいし、いい大学出てキャリアもある。うちの中でゴロゴロしてるのもったいないよ。何か働いてみたら」

と言ったところ、

「私、絶対にイヤ。うちでずうっとテレビ見たりお茶飲んだりするのが、いちばん幸せなの」

ということである。

こういうヒトなので、だんだん太目になっていき、それをとても気にしていたのであるが、このあいだダイエットに成功した。

「私、ダイエットという仕事をするつもりで頑張ったもの」

会社に行く気でジムに行ったそうである。

前置きが長くなったが、こういう仲よしが近くにいるので、ギリギリでもチケットを無駄にしない。

「私、やっぱり行けない。誰か友だちと行って」

と二枚渡してもいいし、

「なんか行けるかも。他の人を誘う時間ないから一緒に行こ」

と言ってもOKなのだ。

その日、渋谷オーブでのミュージカル「雨に唄えば」のチケットが二枚あった。〆切りに追われていて、行くのはムリかと思ったが、開幕二時間前に終わった。

「ミュージカルに行こう」

と誘うと、すぐにうちに来てくれる。タクシーで渋谷まで十分。ヒカリエに着いた。

「私、ずっと忙しくて大変だったの。もしかして居眠りするかもしれないけど、「ごめんね」と言ったけれど、居眠りなんてとんでもない。もう面白いのなんのって……。

「雨に唄えば」というのは、私も見たことがないけれど、ジーン・ケリーが踊る映画のミュージカル版ですね。ステージにはビニールが貼られ、前の客たちもビニールシートを持っている。どうやら雨の中を踊るシーンが続くらしい。

出てくるのは白人のイケメンばかりである。このところ映画もハリウッドものがあまり元気ない。邦画の方がずっと人が入る。何といおうか、昔に比べて白人がそうカッコよく見えないことも原因であろうか。日本や韓国のスターを見て、それから白人のスターを見ると、何か間が抜けて見えることがある。

ただ大きいだけじゃん。

とえらそうな感想を持つ私であるが、このミュージカルで久しぶりに白人の底力を見たような気がした。

とにかく脚が長い。主演のアダム・クーパーって、確かロンドンのロイヤル・バレエ団のスターだったのではなかろうか。パンフレットを読んだら、ある時からミュージカルに興味を持ってこちらもやるようになったと言うのだが、これってすごいことだ。

なぜならミュージカルは、歌も踊りも演技も要求される。そして主役クラスは美しい容姿も。アダムって、すべて兼ね備えているのだ。

彼が雨の中で踊るシーンは、もうため息が出るぐらいの素晴らしさ。そして後ろで踊るアンサンブルも、みーんなハンサム。

またこのミュージカルは、一九二〇年代のファッションなのであるが、男の人たちが全員素敵なのだ。ぴっちりと金髪をなでつけ、チョッキ（ベストではない）にだぶだぶのズボンなんて、よほど脚が長くなくては似合わない。

「やっぱりミュージカルって、白人のものかしらね」

などと言い合いながら帰った私たち。

そして次の日、帝劇に「モーツァルト！」を見に行った。これはブロードウェイの大ヒット作を日本に持ってきたものだ。当然日本人ばかりなのであるが、配役がすごい。市村正親さんに山口祐一郎さん、春野寿美礼さん、花總まりさんといった、大スターがどっちゃり。素晴らしい歌声に圧倒される。

主役のモーツァルトは、ダンスのシーンも多く、ジーンズでバック転もするという役柄。ダブルキャストで、私が見に行った日は山崎育三郎クンであったが、彼がすごいイケメンのうえに、歌も踊りもおお〜と声が漏れるほどのうまさ。昨日のアダム・クーパーに負けていない。そしてやはり日本語で歌われるナンバーはしっかり心に入ってくる。私の結論。洋ものもいいけど日本ものもいい。やっぱりミュージカルは本当に楽しい。

極みの京都

京都はさしずめ大人のＴＤＬであろうか。

行くたびに新しい発見があり、新しい楽しみ方がある。

昼過ぎに東京を出て、夕食は京都の今いちばんおいしいとされる割烹でとる。その後はいきつけのお茶屋バーに行ったり、カラオケをしたりとことん遊ぶ。次の日は、昼食をフレンチかステーキにして午後の新幹線で帰ってくる。

これが私のいつもの京都の遊び方だ。しかし先週はすごい贅沢をしてしまった。ある出版社のえらい方に誘われ、嵐山吉兆に行ってきたのである。

嵐山吉兆といえば、超が二つつくぐらいの高級料亭。私は今までの人生で二回しか行ったことがない。その二回ともワリカンであったと記憶している。もっともこういう高級なところは、みんなでお金出し合って、

「五十円玉、細かいのない？」

と言い合うことはない。お茶屋さんを通じて料亭や芸妓さんを予約してもらうので、後から請求書がくるのである。

が、今回はすべてご招待。おまけに、

「ハヤシさんに喜んでもらおうと思って」

と、いろいろと趣向を凝らしてくださったのである。ありがたくて涙が出そう。

若い頃、男性にはあまり恵まれなかった私であるが、今はおごってくれる年上の男性はいろいろいるんだから。

そこの出版社の女性編集者と二人、京都駅についた。

「嵐山吉兆に乗りつけるんだから」

ということで、大型タクシーに乗った。ところがその日は連休の最後の日で、紅葉のシーズンである。嵐山はものすごい人出であった。人の波が道路にはみ出している。

「お客さん、もう歩いて行った方がいいよ」

と途中で降ろされてしまった。駅からまっすぐ来たので、私は大きなワンナイトバッグを手にしている。おまけに吉兆に行くということで、脱いでも恥ずかしくないマノロ・ブラニクのピンヒールを履き、預けても恥ずかしくないコートということで、白いエルメスのラップを着ていた。

それで人混みにもまれる私を想像してほしい。

「ハヤシマリコじゃん」

という声を何度も聞いた。

「あの道を越えれば、嵐山吉兆、別天地が待っているよ……」

と二人で励ましつつ、なんとか人混みを抜けた。

そしてぜいぜいと息を整えながら、吉兆の門の前までたどりついた。しかし門の前にいる男の人は、すぐには私たちを客とは認めてくれない。

「○○さんのお客です」

と言ったら、やっと荷物を持ってくれた。

そしてやはりここは別天地。お屋敷では芸妓の真生ちゃんと舞妓ちゃんとが待っていてくれた。真生ちゃんは、私の本の中で対談してくれた、祇園一の売れっ子芸妓。のびのびとした健康優良児で大きな瞳が愛らしい。芸妓さんというのは、ただ美人というだけでは人気者になれないが、彼女はものすごく頭がよくて気がつく。会話が楽しい。

舞妓ちゃんと二人で踊ってくれたが、こちらの方もレベルが高く、

「うまいねー」

と出版社のえらい人も感心していた。

やがてお料理が運ばれてくる。味はもちろんであるが、その一皿一皿の美しいことといったら……。前菜の盛り合わせは、まるで箱庭のようであった。

自慢話はまだまだ続くのであるが、デザートの前になったら、仲居さんが言った。

「そろそろお舟の時間ですよ」

目の前の桂川を舟で楽しみましょう、ということだ。舟乗り場は観光客でぎっしり。そこに芸妓さんや舞妓ちゃんが現れたものだから大騒ぎになった。もういっせいにカメラが

向けられる。

「ハヤシマリコじゃん」

とここでも言われる。舞妓ちゃんだけを撮りたいのに、アンタ邪魔よ、というニュアンスであった。

舟の中には火鉢とお酒の用意がしてあった。両岸の紅葉を楽しみながら、熱燗を呑むのである。何という大人の贅沢でありましょう。

ここでも私たちは絶好の被写体。通り過ぎる舟から歓声があがる。中には「ありがとう」と言う人も。何だか嬉しくなってくる。芸妓さんや舞妓さんというのは、これだけ人を喜ばせることが出来るんですね。

この後、出版社のえらい人のお友だちで、今日の吉兆さんをアレンジしてくれたSさんの別荘へ行った。Sさんは京都のお金持ちで美しい年頃のお嬢さんがいる。この方は料理教室をやっていて、私のためにタルトタタンとマロンケーキを焼いてくださった。そのおいしいことといったらない。私は残さず食べた。ワインも飲んだ。取り寄せてもらった料亭のお弁当もいただいた。

分不相応のゴージャス旅行のおかげで、私は二日間で信じられないほど体重を増やした。が、それが何だろう。ぜい肉は楽しい旅のお土産。すぐにどこかにあげます。

〃スター〃のたしなみ

向井理さんの時はそうでもなかったが、西島秀俊さんの結婚には本当にがっかりしてしまった。相手は一般女性というではないか。

しかし芸能人と結婚出来る「一般女性」って、なんかアヤしいと思いませんか？　ダウンタウンの松本さんのお相手も、「一般女性」ということで、いっさい顔や名前を出さなかったが、お天気おねえさんだということが知れて、ちょっと恥をかいたかもしれない。

週刊誌によると、西島さんのお相手は、有名な〃地下アイドル〃的存在だったということだ。〃地下アイドル〃という言葉を聞いたことがなかった。

テレビに露出せずライブハウスのみで活動するアイドルですって。ふうーん。

同じ週、別の女性誌で、

「どうして一流芸能人と一般女性とが結婚出来るのか」

という特集をやっていた。それによると、いいところのお嬢さんが、スカウトされてな

んとなく読者モデルになる。そうしているうち、編集者やカメラマンが芸能人のいる飲み会に連れていってくれるわけだ。

清楚で品がよくてもちろん美人。そういう〝読者モデル〟に、独身の芸能人は心を奪われてしまうらしい。

いいな、いいな。やっぱりみんながなりたい〝読者モデル〟。

読者モデルについて考えていたら、それからすぐ、「25ans（ヴァンサンカン）」で、もっとすごい言葉にぶつかった。「スター読者」！　美人でスタイルがよくて、神戸や東京の大金持ちのご令嬢、もしくは奥様。仕事を持っている人も多い。エステやネイルのサロンを経営している方々であるが、まあ、生活のためではないだろう。

すごいおうちに住んでいて、エルメスやシャネルもどっさり持っている。海外旅行もしょっちゅう行く。イブニングドレスを着てもさまになるプロポーションと美貌を持つ。こういう方々を「スター読者」というらしいが、すごいネーミングだ。ただの「読者モデル」よりも、ずっと位が高いという感じ。

ところでそのスター読者の方々の習いごととして、いちばんにあげられたのが「茶道」であった。これって、私がいまハマっているものと同じではないか。私とセレブな方々ってこんなに近いのね……。

ちゃんとお稽古を続けている私。先日はお茶会に招待された。

お茶会というのは、ティーパーティーではない。そりゃ奥が深いセレモニーなのである。

まず、

「必ず着物着てきてね」

と言われた。正式なお茶会は必ず、といっていいぐらい女性は着物を着るものらしい。当日は着付けの人を頼んだり、美容院へ行ったりして本当に大変であった。飲み方もまだちゃんと憶えてはいないが、隣の人の真似をすればなんとかなるであろう。

心配だったのは正座のことである。お茶会というのは、なんと三時間から四時間、えんえんと続く。お稽古の時は、適当に膝を崩したりするけれども、正式なお茶会では許されないであろう。

当日、訪問着をばしっと着た私は、お茶会の行われるおうちに行った。といっても、真隣で歩いて三十秒の近さであるが。

座敷で待っていると、年配の方々がぞくぞくいらっしゃる。話を聞いてみると、皆さんご自分でお茶教室を持っているような、正真正銘のお茶人ではないか。

皆さん、ご挨拶ひとつするのでも、扇子を前に置き、

「○○と申します、今日はご相伴させていただきます」

と礼儀にのっとっている。

やがてワラの草履が用意され、それを履いて庭に向かう。竹から水が流れていて、そこで手を清める。これにも作法があるらしいが、そんなの後ろの方だから誰も見てないし

……。

お茶室でいったんお釜を見た後、縁側を通って座敷に行った。お弁当が出た。お茶会専門の仕出し屋さんのものだそうだ。お酒も出る。ここで膝を崩したいがじっと我慢。

食事の後はインターバルがあり、みんなトイレに行ったりする。

私は本格的なお茶会に入る前に、ひとり屈伸運動をして皆に呆れられた。だが仕方ない、だって私の正座は、ふつうの人の正座じゃない。ふつうの人よりも、ずっとずっと重たい負担が膝にかかるのだ。脚が途中で悲鳴をあげることになる。

再びお茶室に入り、お濃茶とお薄をいただいた。私は「器拝見」するふりをして前のめりになり、体を浮かすことに成功した。が、立ち上がる時は大変。

「ハヤシさん、大丈夫」

と二人がかりでひっぱってくれる恥ずかしさ。

そして私の膝から下は、次の日も静脈が浮いていた。本当に可哀想だったね。あなたのためにもダイエットするからねと、私は心に誓ったのである。

幸福の黄色いタマゴ

お米の消費量が減り、値段が下落していると聞き、私は胸を痛める者である。

みんなが太りたくないから、お米を敬遠するなんてヒドい。お米は農家の人たちが一生懸命つくってくれた大切な作物だ。日本の食糧自給率を支えているものである。

それがダイエットのために食べないなんて、バチがあたるでしょ。皆さん、もっともっとお米を食べてください。みんな太っているといっても、どうってことないレベルでしょ。モデルみたいになりたいってことで、お米を食べないなんて、ひどい。

私は本当のデブですから、食べませんけど。炭水化物抜きダイエットを始めて、はや二ヶ月。四キロぐらい痩せたので、昔のお洋服もいっぱい着られるようになった。

革の大好きな私は、ジャケット、スカートをいっぱい持っている。デブになり全く入らなくなっても、私は処分しなかった。ずっと持っていた。なぜなら、フレアーやプリーツスカート、それから美しいブルーのジャケットなんて、

よっぽど革がよくなくては出来る技ではない。いつも〝大放出〟して、田舎の親戚や弟嫁にダンボールで送る時も、この革だけはとっておいたのである。

そうしたら見よ、するすると入るようになったではないか。やっぱり四キロは大きい。痩せるって本当に幸せとしみじみ思う時ですね。

が、私はいつもこのあたりでリバウンドをしてしまう。なぜなら炭水化物の誘惑にかられてしまうからだ。

炭水化物で出来ているものはどれもおいしい。ドーナッツにお団子、うどんにお餅。特に私が目がないのはお鮨である。それから白いご飯。

毎年お歳暮の季節になると、ご飯の親友たちがどっとわが家にやってくる。タラコに鮭、イクラにウニといった海の幸から、烏骨鶏の卵につくだ煮、京都の漬け物いっぱい。

こういうのをご飯なしで食べるつらさを想像してほしい。人にあげるのも口惜しいし。

「ほんのひと口でもご飯を食べられたら……」

と肥満専門のドクターに言ったら、

「朝、ササニシキを一杯なら大丈夫」

と驚きの言葉をいただいたのだ。

お米は改良に改良を重ねて、どんどん甘くおいしくなっていった。その代表がコシヒカリということになる。一方ササニシキは、あまり甘くない地味な味ということで、人気がない米種だそうだ。そう言えば私も、この何年か食べてない。

「だけどササニシキは、インディカ米と並んで甘みがすごく少ないお米なんです。コシヒカリの数分の一です。ですから朝、一杯食べて体温を上げてください」

問題はと、ドクターは言った。

「この頃、ササニシキはなかなか手に入らないんですよ。僕はインターネットで取り寄せているけど」

そんなはずはないと、近くのスーパーに行ったらやっぱりなかった。それで青山の紀ノ国屋へ行き、小さな袋を買ってきた。

夜、セットしておいて朝、炊きたてを食べる。お茶碗にふんわりよそって、烏骨鶏の卵を一個落として、玉子かけご飯に。もー、幸せ。こんな幸せなことがあってもいいでしょうか、という感じである。

烏骨鶏を食べつくした後は、海苔や明太子なんかで食べる。不思議なもので、朝にお米をしっかり食べておくと、昼も夜もお腹が空かない。

お米を食べるということは、これほど心や体を落ち着かせてくれるものであろうか。

「ありがとう、ササニシキ」

私は心からそう言いたい。

ところで、二十年ぶりに再開したお茶のお稽古は本当に楽しい。ここのところ毎木曜日、必ず隣家に通っている私である。

ここに問題が。お茶のお稽古の時は、当然お菓子が出る。それもお茶事専門の菓子屋さんが届けてくれるという、すごく綺麗な季節をかたどったお菓子。これが結構キソウなのである。

そんなわけで私は、半分残してお懐紙に入れてしまったりした。二度めにいただく干菓子は食べたふりしてそのままふところに。が、なんかババっちいような気がして、パクッといただく。

そういう時、

「今、私、カーッと血糖値上がってるな」

と思うが仕方ない。

そうして次の日、おそるおそる体重計にのると、ちゃんと減っているのである。私が思うに、朝食べたササニシキが、血糖値を安定させてくれているのだ。だから午前中に食べたお菓子はどうってことないんだ。

「ありがとうササニシキ」

炭水化物抜きのダイエットは確かにきくが長続きしないのが欠点であった。ササニシキのおかげで何とか乗り切れそう。

が、新年そうそう、お鮨屋の予約をしている。どうして今、この時にと思うかもしれないが仕方ない。超人気店で、予約をしたのが一昨年（二〇一三年）の十一月。そして予約とれたのは本年（二〇一五年）の一月。つまり二年がかりのお鮨のワケ。私がまだ自覚なく食べていた頃の置き土産である。

二次元向きのオンナ

マリコ on Stage!

有楽町の東京国際フォーラムに「CHICAGO」を見に行った。映画にもなったあの有名なミュージカルである。

私の〝恋人〟姿月あさとさんを見に行くためだ。

彼女との愛の日々のことを、何度もお話ししたと思う。宝塚を愛する女性は多い。宝塚の魅力について、いくらでも喋ることが出来る人はいっぱいいるであろう。しかし私のような体験をした人は他にいないはずだ。

そう、シロウトでありながら、娘役の恍惚を味わったのである。

あれは五年前（二〇一〇年）、みんなで高知県に行った。エンジン01という文化人の団体で、オープンカレッジをするためである。

「どうせ高知に行くなら、龍馬の劇をつくろう」

と秋元康さんが言い出し、創作ミュージカルがつくられたのだ。この時の龍馬役が姿月あさとさん、妻のおりょう役が私であった。二人で歌い踊るシーンがある。姿月さんは私を含めてのシロウトたちによーくつき合ってくれたばかりでなく、優しく演技指導もして

くれた。あの時、まわりの女たちはみんな姿月さんに恋してしまった。もちろん私も。あんな気持ちは生まれて初めてだった。この世には絶対いるはずはない、最高にカッコいい男性、それが宝塚の男役であるが、こういう人とラブシーンをやる私の気持ちをわかってください。

あの頃は毎日がバラ色だった。寝てもさめても姿月さんのことしか考えられないようになった。いや、姿月さんが演じる龍馬という男性に恋してしまったのだ。現実にはいない男の人を夢みるように愛してしまった……。このうっとりとした気持ちをわかっていただけるであろうか。

姿月さんがあまりにも素敵で、彼女のことが好きでたまらず、口をきくことも出来なかった。

仲よくなったのは、ミュージカルが終わってからである。ふだんの姿月さんは、よく笑う明るい大阪のおねえちゃんである。しかしひとたび舞台にあがると、あたりをはらうような美しさと、すごい存在感がある。それに素晴らしい歌唱力、カリスマ的人気があるわけだ。

「CHICAGO」は、シカゴの刑務所の中の話である。姿月さんは弁護士役。スキャンダルで人気を競う女囚二人は、私が見た時は、朝海ひかるさんと湖月わたるさんだ。二人ともトップスターだった方。どちらもびっくりするぐらい大胆な衣装を着ている。ビキニに薄もの羽織ったぐらいの衣装で歌い踊る。しかし鍛え抜かれた体にはぜい肉が全くなく、少しもイヤらしくない。

体を震わせるふり付けで、ふとももがまるきり揺れないのでびっくりした。ぶるっと体を動かしてもだ。もし私が同じことをしたら、肉がうねるだろうなと考えた。そして二人の踊りと歌のうまいことといったら……。

その他の出演者もみんな宝塚出身であるが、宝塚ＯＧというのは本当にすごい。おばさんはもちろん、おじさん役までちゃんと供給出来るのだ。

ところで私は、朝海ひかるさんにお会いしたことがある。宝塚の人におめにかかるというのは、かなり緊張する。天上の人、という感じだ。姿月あさとさんとふつうに会話出来るまで、どれだけ時間がかかっただろう。

朝海ひかるさんは、仲よしの中井美穂ちゃんのお誕生日パーティーにいらしていた。あまりにも綺麗なのでびっくりした。気さくな可愛い女性である。しかし親しくお話し出来たかというとそんなことはない。やっぱり緊張してしまった。「ＣＨＩＣＡＧＯ」の舞台を見たら、なおさら口なんかきけない。

気さくに彼女たちと友だちづき合いする中井美穂ちゃんって本当にすごいと思う。

さてプロ中のプロの話を置いて、私の話をするのは恐縮ながら、今度ミュージカルに出ることになった私。ちょい役であるが渋谷のオーチャードホールに出演するのだ。六本木男声合唱団倶楽部のただ一人の〝女優〟として出演を頼まれたのである。

世間では、私がこういうのが好きだということが知れわたっているようだ。おととし（二〇一三年）は盛岡文士劇というのにも出た。「フィガロの結婚」を、平安時代に置きかえたものだ。私は奥方の役。

「ハヤシさん、オペラ〝フィガロの結婚〟のアリア二曲歌って」

ということで、必死になって憶えた。声はまるっきり出ていなかったけれども、一応間違えずにイタリア語を歌ったのである。

私はこういうことに燃える。仕事をほっぽり出して稽古に熱中する。

だからこそ信じられないような見事さで踊り歌う人たちを、本当に尊敬し憧れてしまうのだ。

「あんなカラダに生まれたかった。あんな顔に生まれたかった」

としみじみ思う。その思いを今度のミュージカルにぶつける私。オーチャードホールにぜひきてくださいね。

美女に友あり

冬はやっぱり、ブーツを履かないことには話にならない。

私は何足もブーツを持っている。が、履くことがあまりないのだ。ブーツというのは慣れていないと、足を通すたびに、

「エイ、がんばるぞ！」

という気合いが必要なのではなかろうか。

え、そんなのいるの私ぐらいだって？　そうかもしれない。大足のうえに、ふくらはぎがぶっとい私は、どれほどブーツに泣かされたことであろうか。

ショップに行き、男の店員がいるとまずひき返す。なるべくやさしそうな女性の店員さんに接客してもらう。私の場合、試した時ジッパーが上がらないケースが多いためだ。

ふくらはぎの肉が喰い込む事件を経て、この頃はショートブーツにしてみた。

そして今日のこと、革のライダースジャケットに、タイトスカートといういでたち。こうなったらやっぱりブーツだわと、ピンヒールの黒を選んだ。無線タクシーが来たのでそのまま乗る。車の中でゆっくりジッパーを上げようと思ったのだ。

ショートのうえに、後ろにジッパーがついているブーツですよ。ジミー・チュウだから、革だって上等のスエードなんだから。それなのにジッパーはびくりとも動かないのである。私は焦り出した。ブーツを脱いでジッパーを上下させ、なじませたところで足を入れる。そしていっきに上げる。これでＯＫのはずであった。見よ、右側はすんなりと上がった。しかし左側はびくりともしないのだ。

私はスカートの中身が見えるのも構わず、座席で大きく足を組んだ。そしてブーツの後ろを一生懸命ひっぱり上げる。私のその姿はすさまじいものがあったらしく、運転手さんが心配して、

「お客さん、大丈夫ですか？」

と聞いてきたぐらいである。

そしてどうしたかというと、私はジッパーの上がらないブーツのまま、ホテルのロビイを横切り、対談をしたのである。

誰も気づかないと思ったが、そんなはずはなく、若いカメラマンの女性が、

「ハヤシさん、ブーツのジッパーちゃんと上げないと歩きづらいですよ」

と注意してくれた。私ももちろんそう思うが、上がらないものは仕方ない……。

帰りの車の中でも挑戦したが、やはり動かないのである。こうして私は、次第にブーツから遠ざかっていくのだ。

ブーツって夕食の頃になると、かなりきつくなっている。ふつうの靴だとテーブルの下

で見えないように、脱いで足をブラブラさせたりも出来るのだが、ブーツだとそうはいかない。ある時間から、ブーツは拷問道具へと変わる。大足の女は、おそらくブーツを夜まで履いていないのではないだろうか。

ところで私のまわりには、ものすごく親切でしかも美容やファッションの情報通という人がいっぱいいる。

おなじみのホリキさんは、よく一緒に買物に行ってくれ、

「これは買い」

「これは買っちゃいけない」

とアドバイスをしてくれるのである。

着物はものすごく趣味がいい、オクタニさんという女社長がいる。彼女はなんと、私の真隣に引越してきた。立派なお茶室をつくったので、この頃、お茶のお稽古に行っている私である。

「私、お茶席に着るような着物をあんまり持ってないの」

と言ったところ、

「じゃあ、神戸のいきつけの呉服屋さんをうちに呼んであげる」

と、彼女の居間に呉服屋さんが店開きしたのである。私の友人や近所の人もやってきた。次々と見せられる反物や訪問着。どれもいいものばかり。私たちは次第に興奮してきて、まともな判断が出来なくなってきた。

「なんて素敵……」

ため息をつくたびに、オクタニさんが、

「このくらいのものを買いなさいよ」

と合いの手を入れるのだ。気がつくと、訪問着一枚、帯二本を買っていた……。すんごいお値段。

「まるで○○商法じゃん」

とオクタニさんに愚痴ったら、

「何言ってんのよ。私のおかげで安く買えてるんだし、私は一銭ももらってないのよ」

と怒られてしまった。

そしておとといの土曜日、うちでテレビを見ていたら、突然ケイタイが鳴った。美容医療機器を輸入している会社の、キッコ社長であった。

「マリコさーん、私、サーマクールよりもずっとすごい、顔をリフトアップしてくれるマシーン見つけたの。今から行かない?」

行く、行く、とすぐタクシーに乗って渋谷に向かった。そしてエステしてもらってきたのだ。おかげで口元がすっきり。

私を少しでもキレイにするため、みんな友情をかけていろんなことをしてくれる。ありがとねー。しかし大足を直してくれる人は誰もいない。

憧れの〝読モ〟

私の友人ですっごい美人がいる。

小さな顔に、黒目たっぷりな大きな瞳、小さな唇と、まるで少女マンガから抜け出してきたみたい。

どうして芸能界に入らなかったのかと不思議なのだが、彼女はお金持ちのエリートと結婚するというコースをたどった。今では子育てに励むふつうの奥さんだ。だけどやっぱり綺麗。お金があるからおしゃれもばっちり。といっても、彼女はセンスがいいので、ブランドや宝石で飾り立てたりはせず、モード系できめている。エルメスとユニクロを上手に合わせたりするからすごい。

これはお世辞も混じっていると思うのだが、彼女は私の書いた「野心のすすめ」を読んで感動したそうだ。今からでも間に合う、何かを始めようと決心した。そして選んだのが、女性雑誌の読者モデルになることであった。

私もよく知っている四十代向けの雑誌のオーディションを受け、見事〝読モ〟に。

その初仕事が「メイクで変身」というやつであった。ヘアメイクは大御所・藤原美智子

さん。

「私は前から藤原さんの大ファンだったので、本当に嬉しかったわ」

と彼女は言う。

藤原さんは彼女の眉の形を変え、ヘアスタイルも、もっとモードを取り入れることを提案した。

「もっと美人顔を活かせますよ」

と記事にはある。

そしてカメラマンは誰あろう天日ちゃん。元マガジンハウスの社員カメラマンで、私の専属（?）だった人ですね。一緒にドバイへ行き、ムックをつくったのは三年前（二〇一二年）であった。彼女はレフ板を駆使してやわらかい光で女性をものすごく綺麗に撮る。

もともと美人の私の友人は、カラーグラビア一ページアップも、なんら臆することなくまるで女優さんのように写っている。本当にステキ。私がほめたら、

「いやぁ、藤原さんと天日さんのおかげです。まるで魔法ですよね」

とケンソンしているが、〝読モ〟になってとても楽しそう。

すごいな、いいなー、〝読モ〟。誰だって憧れてしまいますよね。プロのモデルさんではないけれど、それに近いお仕事をする。そしてプロのモデルさんよりも、もっと個人のキャラクターを前面に出すので人気が出るとすごい。若い女の子向けの雑誌でも、〝読モ〟からスターになった人はいっぱいいる。

ところで〝読モ〟の友人と私は、表参道で待ち合わせてランチをした。〝読モ〟と会うならやっぱりここでしょ。

そしてサラダランチを食べた後、すぐ近くの青山学院へ。そお、今日は箱根駅伝の選手たちによる「優勝報告会」があるのだ。

お正月はテレビにかじりついていた。今までも駅伝はわりと好きであったが、青学が先頭になってからはもう目が離せなくなった。

さすが青学、ここのチームの選手はみんな可愛くておしゃれなのである。

「こんな細っこいイケメンが、山道を走るワケ！」

私はすっかり驚き、夢中で応援し続けた。

「私が特にゴヒイキなのは、往路一区を走った久保田クン。笑顔がとっても可愛いんだもん。あのコがニコニコして、ゴールに走ってくるシーンなんか、なんど見ても目がウルウルだよ」

私が言えば、友人は、

「私はやっぱり神野クンかしら。あんなに小柄なのに必死で走ってる姿がたまらないの」

ということで、青学に見に行こうということになったのだ。

キャンパスは青山通りに面していて、今日は誰でも入れてくれた。私たちが行った時はそうでもなかったが、後から人がやってきてものすごい数となった。

神野クンがいちばん人気かと思ったら、キャーキャー言われているのは久保田クンであ

った。すぐ近くまで来てくれたのだが、

「おばさんがやはり握手してもらうわけにはいかないでしょ」

と自粛した。

が、〝読モ〟の友人だったらよかったのかもしれない。

選手たちがずらり並ぶと壮観。が、実物の彼らはテレビよりも細っこくて、男の子という感じ。

「やっぱり私たちは原監督よね」

ということになった。

帰り道、青学のまわりはブランド店がいっぱいで、しかもバーゲン中である。私と友人はマックスマーラ、ロエベ、セリーヌとお店をハシゴした。

セリーヌのニットはすっごく可愛くて色がキレイ。友人はコーラルブルーのカーディガンを試着し、買おうかどうか迷っていた。

「何言ってんのよ。〝読モ〟としてこれから撮影もいっぱいあるでしょ。これ買っとかなきゃ」

と言ったら、

「えー〝読モ〟の方ですか」

と店員さん。やはり〝読モ〟の威力はすごい。

女優・林真理子！

オーチャードホールで、ミュージカルに出演することになった。

女神の役で。

これまでもエンジン01の高知ご当地ミュージカルや、盛岡の文士劇に出て、密かに演技力と度胸を身につけていた私。

仲よしの三枝成彰さんが率いる六本木男声合唱団倶楽部の公演に、ゲストとして招ばれたのである。

「女神の格好して、上からゴンドラで降りてきてね」

という演出である。

用意してくれた衣装がとても素敵。白いドレスにビーズがいっぱいついている。これに金髪のカツラをかぶると、そお、あの人になってしまう（ような気がする）。

「ありのままの姿見せるのよ〜」

のお姉さんそっくり。

が、うかれているのもこのあたりまで。実はとても気が小さい私は、本番が近づくと緊

張のあまり何も手がつかない。

おまけにゴンドラの高さは、七メートルである！　椅子に座ると、スタッフの人が腰にセーフティベルトをしっかりとつけてくれる。するすると上に上がっていく。この時目をつぶる。

私は高いところは平気だと思っていたがそんなことはなかった。本当にこわい。

やがててっぺんまでのぼりきると、目の前に鉄の梁が見えてくる。私は必死でこう言いきかせる。

「ここはまっ平なところ。私は単に目の前の壁を見てるのよ。この壁には鉄の棚がついてるだけ」

出来るだけ何も考えまいと、頭を真っ白にする。するとセリフを忘れそうになる。わー、どうしよう。もう一歩でパニくりそう。しかし私がここで大声を出したら、いまやっているお芝居が台なしになってしまう。我慢よ！

こうして耐えているうち、やがてきっかけのセリフのシーンとなる。

一回めはうまくいった。

しかしここで油断が。次の日の二回め公演の時、私はうっかり出番を忘れて、舞台袖のモニターに見入っていた。

演出の人は私のことを必死で探していたらしい。

「早く、早く、ゴンドラに」

もう私の出る場面は始まっているではないか。みんなすごく焦っていた。焦るあまり、セーフティベルトがかからないのだ。

「なくてもいいですよ」

「そんなことは出来ません」

というやりとりがあったのち、なんとか着装。

するする上がるが、私の出番はもうそこ。プロの俳優の早替わりでも、こんなギリギリはめったにあるまい。

間に合うか……あ……あ、なんとかセーフ！　よくセリフをとちらなかったと思うが、私は何とかやりきった。

会場には何人かの編集者の人たちが見に来てくれ、不安気に私の登場を見守っていた。あとからみんな、お世辞混じりのファックスやメールをくれたが、いちばん誉めてくれた元アンアン担当者ハッチのメールを、本人了解のもと披露しよう。

「おはようございます。昨日の昼公演、鑑賞させていただきました!!

女神様が、ものすごい高所からのゴンドラ登場でびっくり、会場のボルテージが一気に上がりました!!

あんな高所から演じられるのは、ジャニーズのアイドルか林さんだけです✧✧　林さんの舞台度胸と女優魂を目の当たりにしました。とても楽しかったですし、また女優・林真理子を別の舞台で拝見してみたいです」

いやあー、そんなに誉められると……と恐縮して返したら、

「そして女神様。カーテンコールでお召し物の全貌が見えましたが、めちゃくちゃセクシーでした✧✧」

これを正直な男性の感想と私は思いたいが、

「いやあー、編集者って、ここまで気を遣うのねー」

と思う人が大部分かも。

ところでこのミュージカルの舞台監督をしてくださったのが、小栗さんである。日本でトップのオペラの舞台監督だ。本当はシロウトの舞台をやる方ではないのだが、団長の三枝成彰さんと仲よしなので、特別にボランティアでやってくださったのだ。

背が高くてカッコいい小栗さん。三枝さんは「小栗パパ」と呼んでいる。そお、あの小栗旬さんのパパなのだ。めちゃくちゃおしゃれで、黄色がかった茶色のチノパンに、真っ赤なスニーカーをはいている。

なんかスターの身内にお会いするのって、とても嬉しいですね。

身内といえばこのミュージカル、うちの弟も女性の役で出ている。

今日、弟からメールが。

「○○さんが友人に、どのシーンがよかったかと聞いたら、君が林真理子さんと抱き合うシーンと答えたって」

私が出演と聞いて、女装した弟と間違えたようだ。ひどい、ひど過ぎる！

朝のゴールデンアワー

私が肥満解消と健康のために、定期的に診てもらっているドクターが言った。

「ハヤシさん、炭水化物はササニシキだったらＯＫ。コシヒカリよりもずっと糖度が低いから。朝、一膳食べるといいよ」

この話は既にしたと思う。おかげですごい反響があり、私の友人何人かから、

「ネットでササニシキを買った」

と報告を受けたものだ。

先月また行ったら、ドクターが時計の絵に書き込んであるものをくれた。

「最近科学的にわかったことだけど、朝起きてから四時間は何を食べてもいいんだよ」

その図によると、就寝六時間前からは、糖質は絶対にダメ。四時間前からは胃を空っぽにする。

「だけど朝起きてから四時間は、甘いものを食べたって全然ＯＫ。むしろ発火点になって脂肪が燃えていくよ」

「本当ですか」

「本当、本当。糖質抜きは続かないし、リバウンドもすごいけど、この方法だったら、きっと長続きするはず」

すべてのことを、自分に都合のいいように解釈するのは私の本質ですね。

「そーよ、朝はどんどん甘いものを食べましょう」

ということになった。

時計を見て、

「まだ大丈夫、まだ平気」

とがんがん食べる。

私は毎朝六時に起きるので、十時まではいいんだと勝手に決める。

朝食は、プロテインに、ファイバー、青汁の粉末、ゴマ、豆乳、牛乳といった、体によさそうなものをすべて混ぜ、いっきに飲む。そしてプレーンヨーグルトに、ハチミツをちょっぴりたらして食べる。

「朝起きてから四時間は何でもOK」

説を聞くまでは、これが私の朝食の定番であった。ところが今は、加えてササニシキに雑穀を混ぜて炊いたものを一杯（まとめて炊いて、一杯ずつ冷凍したものですね）。

それにおじゃこや梅干し、明太子をのっけて食べ、お腹いっぱい。しかし、

「発火点にする」

という言いわけのもと、いただきものの羊かんやケーキを食べる。私の至福のとき。テレビや新聞を見ながら、コーヒーと共にゆっくりとスイーツを食べているとき、

「なんだ、ダイエットなんかカンタンだわ」

と思うワケ。

もちろんカンタンじゃない。なんと体重はゆっくり増えていったのである。

ドクター、ひどいじゃん。私は言われたとおりにしてるのに。と、ヒトを恨む。朝、食べすぎだってこと充分にわかっているのにね。

またぶにぶに肉がついてきて、ブラジャーがきつくなってきたみたい。

みなさん、ブラ、どうしてますか。私には結構深刻な問題。なぜかというと、デパートの下着売場に行くのがすごくイヤなのである。

ただでさえ、サイズが大きいという弱味がある。昔は中身が大きかったが、今はまわりをとり囲む肉が増えているのだ。

女性の店員さんにサイズを測ってもらうのがそもそも好きになれない。このあいだは老舗のデパートへ行ったら、黒いスーツのちょっと立場が上そうなおばさんが出てきて、

「私も太ってますけど、このサイズでいいんですよ」

だって。これってものすごく失礼じゃないでしょうか。

そんなわけで、ホテルのアーケードの高級下着屋さんで大量買いをする。外国製なので高い。おまけにブラというのは、手洗いしなくてはならないので本当にめんどくさく、つ

いためてしまう私。まとめて洗って干していると、いかにも「不精ったれ」という感じである。

が、こうして大量買いしたブラも、肩のレースがすり切れてきた。そろそろ買わなきゃいけないと思うものの気が重い。洋服買うのは大好きなのに、どうして下着を買うのはこんなに楽しくないんだろう。それは体の欠点やサイズがはっきり現れるからに違いない。

そんなときテレビを見ていたら、道端アンジェリカちゃんが、ブラのCMをやっているではないか。

「運命のブラ」

だって。とてもよさそうなシームレスブラ。通販で申し込むらしいけれど、ここでまたサイズ聞かれるのがめんどくさいと、またまたネガティブなことを考えていたある日、六本木のドンキに出かけた。新しいコスメを物色していたら、ありました！　運命のブラが。アンジェリカちゃんの写真もちゃんとのってる。あてずっぽうにLサイズを買った。五千三百円で、ベージュ、白、黒の三色が入っていて、つけたらとてもいいではないか。

肩もラクだし、胸のラインも綺麗に出る。

が、ふと思う。

「これって色気ないんじゃない？」

もし運命の男と出会って、そういうことになったとき、この運命のブラはプラスかマイナスか……と私はあれこれ考えるのである。

温もりには敵わない

その年のヘビーローテーションのコートってありますよね。

今年はなぜか、四年前に買ったセリーヌの紺が大活躍。こればっかり着ていた。

思えばジュネーブのセリーヌでこれを見つけた時、まだ秋のはじめで、

「コートを持って日本に帰るのもちょっとなァ……」

と迷っていたところ、一緒に行った女性編集者たちが、

「ハヤシさん、私たちが持っていきますから絶対に買ってください！　日本人もまだまだ買える。中国人には負けない、っていう気概を見せてくださいっ」

と必死に頼んでくるではないか。

事実、このコートを買い、ニットを二枚買ったとたん、店員さんの態度ががらっと変わった。そんな思い出のコートは、前合わせと袖口が縫ってなくて、切りっぱなしにしてある。カッコいいのはカッコいいのであるが、ややアバンギャルドになり、あまり着なかった。おしゃれな人というのは、今シーズン買ってきたものを着ることをせず、二、三年寝

かせるんだそうだ。流行がほどよく抜けてくるのを待つんだと。

私の場合、四年間ほったらかしておいた結果、同じ効果となったわけだ。そしてこのコートを着ると、みんなからとても誉められる。ひとつ難を言えば、一枚仕立てなのに重くて寒い。一月の寒い日、いつものようにこのコートに袖を通してふと思った。

「あれ、私ってダウンのコート持っていなかったっけ？」

持っていたような気がする。ところがクローゼットやコート掛けを探したけれどもそんなものはない。

「でも、やっぱり買ったような気がする」

私はもともとダウンコートがあまり好きではなかった。おしゃれなデザインのものがないし、あれを着るととても太って見える。防寒とわり切ってモンクレールを買ったことがあるけれど、気に入らなくて弟のお嫁さんにあげてしまった。

実はその前、ブランドもののダウンを十年ぐらい着ていたのであるが、そっけないハーフで、なんかオバさんくさかった。このダウンコートを着て、故郷山梨のデパートに行った時、知り合いの假屋崎さんがフラワー展&トークショーをやっていた。

「ちょっとおめにかかれないかしら」

と受付の人に言った。山梨で私のことを知らないはずないでしょう、というおごりたかぶった気持ちも確かにあったと思う。が、そのダウンコートを着た私は、ただのおばさんだと見られたらしく、しっ、しっ、しっと追い払われてしまったのである……。

ふんがいして友人に言ったところ、

「化粧っ気なく、そのダウン着てたら、ただの小汚いおばちゃんに見られても仕方ない」

という意見であった。腹が立った私は、そのコートもやはり弟のお嫁さんにあげてしまったのである……。

そんな風にダウンコートに、まるでいい思い出がない私は、ずっと着てなかったのであるが、やっぱり買った記憶がある……。私はジル・サンダーのショップへ行ったついでに店員さんに尋ねた。すると、

「二年前にお買い求めになりましたよ」

という返事。えー、そんなに前のことではない。

「ハヤシさん、もしかしてクリーニング屋さんに預けっぱなしじゃないですか。すぐに調べた方がいいですよ」

ということで、クリーニング屋に行く前に、もう一度うちの中を探してみた。するとありました。物置き部屋と化したゲストルームに、クリーニングの袋に入ったままかけてあったのだ。

そしてダウンコートを着た。感動した。なんて軽くてあったかいんだろう。世の中の人がみんなダウンを着るはずだよなァ……。

そんなわけでダウン一辺倒になった私であるが、やはりこればっかりだと物足りなさが残る。ダウンでおしゃれになるって、本当にむずかしいことなんですね。

モデルさんやタレントさんで、ロングのダウンを着こなしている人がいるが、あれはうんと長身で顔が小さくなくてはならない。私が着るとたちまち、街頭のビラまきのようになってしまう。というわけで、私は不満を持ちながらいつも自分のダウンを着てしまうのだ。もちろんジルのものだから、デザイン、材質もとてもいいものなのに……。

今日はマンダリン オリエンタル ホテル 東京でのすっごい会食に招ばれた。パリの三ツ星シェフが、来日してつくってくれるめくるめくメニュー。こういう時、着ていくものがない。

冬は「薄着イコールおしゃれ」になる。ノースリーブだと、おしゃれ度はさらに強くなる。ナマ脚だと2ポイントアップ。が、寒がりの私にそんな格好とてもムリ。せめてもとシルクのワンピースを着た。困るのはコートだ。布のコートだとやっぱり寒い。毛皮だと金持ちのおばさん風。そんなわけでダウンを着た。ドレスにも意外と合うかも。ワルグチ言ってごめんね。春がくるまでもうひと頑張りしてね、と私はつぶやいたのである。

優等生なのに…

酔っぱらって帰ってきて、そのままバターンとベッドに行きたい日は誰だってある。

私はいったんベッドに横になり、雑誌をパラパラめくるのであるが、ある時がくると本当に意を決して立ち上がる。やらなきゃいけないことは、山のようにあるからだ。居間の暖房消して、電気釜にお米セットして、サプリメント（痩せるための）を数粒飲んで、そしてセコムのセキュリティを入れる。それより何より大切なことは、メイクを落としてお風呂に入らなくてはならない。

女というのはみんなそうだと思うが、メイクをしたまま眠っても、夜明け頃必ず目が覚める。マズいことをしているという意識がずっとあるに違いない。

私はこの何年かずーっとノーファンデなので、クレンジングはさらっとでOK。それから石鹸で洗って、あれこれ基礎化粧品をつける。かなりシンプルにしているのであるが、それでもかなりめんどくさい。

ある日、女性週刊誌を読んでいたら、

「美肌の人はみんなしている肌断食」

というのがあった。なんでも週末だけ何にもつけない女優さんが何人かいて、その人たちがみーんな美肌で有名な人なんだと。小雪さんもやっていると書いてあり、私の心は騒いだ。小雪さんには何度かおめにかかったことがあるが、本当に透きとおるような白い肌だ。

「よし、私もやってみよう」

水でざぶんと洗うだけだという。ずぼらな私にとってこんなにいいことはない。金曜日の夜から始めて、月曜の朝まで何もつけなかった。

「肌は最初ガサガサしますが、すぐに自分の力でしっとりとしてきます」

と書いてあったが、乾燥がひどい。きめも粗くなってきたような。そしてあわてて化粧水をつけたのであるが、四日間は肌がとても荒れた。肌だけは自信があり、皆からも誉められていたのに、お肌断食は私に合っていなかったのである。

このことを近所のサロンの美容師さんに言ったところ、

「今はさー、キレイじゃなきゃダメな時代だよね。政治家でも学者さんでも、作家でもキレイじゃなきゃ、誰も耳を傾けてくれないよねー」

だって。ドキッとしましたね。

実はこの四日前、ＮＨＫの特別番組に出たばかりなのである。真面目なトーク番組だったので、私の顔がアップになる。それをうちのテレビの大画面で見るのは本当につらかった。隣に座っている女優さんに比べて、顔のつくりが大雑把に出来てる。鼻が丸いし、唇もぼってりし過ぎている。人間ってこんなにも違うものかしら。

「でも私はもの書きだし、顔で商売してるワケじゃなし」

と、必死に自分を慰めている最中であったのだ。

しかし私だって努力している。今、ブロウしてもらっている髪を見る。たっぷりとしていて艶も（トシのわりには）ある方だと思う。

あれは半年前、ドライヤーを使っていた私はキャーーッと悲鳴をあげた。洗面台に細かい毛がいっぱい散らばっているではないか。

「何なの、これって何なのよ！」

そうしたら私と全く同じ状況のCMが流れ始めた。この黒く細かい毛は、キューティクルがはがれたものだそうである。つまり髪がいたんでいる証拠。

それから私はヘッドスパに励むようになった。わざわざヘッドスパサロンに通うのは大変であるが、ちょうどおりもおり、近所のその美容師さんが言った。

「頭皮に高周波あてる機器を買ったよ。あと二千円でトリートメントしてあげるよ」

ということで週に二回してもらい、同じく近所のイレギュラーのサロンでも、行くたびにヘッドスパマッサージしてもらう。そうしたら、あの不気味な黒い細かい毛が出ることもなくなり、見よ、〝天使の輪〟とはいわないまでも、蛍光灯の光がうつるぐらいにはなった。すごい。ここまで努力している人はめったにいるもんじゃない。

しかし問題はダイエットである。

「起きてから四時間は何を食べてもＯＫ。むしろ甘いものは、脂肪を燃やすための発火になる」

というドクターの言葉を信じて、そう食べたくもないのに、朝はケーキやクッキーまで食べた。その替わり午後は糖質カット。

「夜八時過ぎたら、可能な限りものを食べないこと」

という注意により、私は会食の最中も時計を見る。そしてそろそろだと思うと、お皿をストップしてもらう。それなのに体重は全く減らない。どうしてだろう。

そうしたらドクターは言った。

「朝の四時間、糖質はＯＫだけど、油分は絶対にカット。だから和菓子はいいけど、ケーキやバターはダメだよ。えっ、ボク、言ってなかったっけ」

わーんと泣きたくなる私であった。毎日こんなことばっかりしてる私って……。

イメージチェンジ

体重がちっとも減らない。それどころか少しずつ増えている。

私はドクターに言った。

「ダイエット、どこか間違ってませんかね」

ドクターの指導によると、朝起きてから四時間は何を食べても絶対に太らない。むしろ糖質は脂肪を燃やす火になるということだったので、私はササニシキをお茶碗一杯食べた後、もらいものの甘いものを食べる。まるで親のカタキのようにがんがん食べる。

「ちょっと甘いもの、入れ過ぎかもしれないね。これからご飯はＯＫでも、甘いものダメ」

もっと早く言ってほしかった。

ところで、初対面の人に必ずと言っていいほど言われる。

「ハヤシさんって、こんなに痩せてるなんて。こんなに背が高いなんて!!」

もちろん私は標準体重をかなりオーバーしている。痩せてるなんてことはありえない。

しかしみんなすごいデブを想像しているらしく、思っているよりも太っていないので「痩

せている」という言葉を使うわけだ。

またこんなことを言うのは恥ずかしいのであるが、

「こんなにキレイなんだとは思わなかった」

というのもある。

「ハヤシさん、写真ひどいわよ。文句言った方がいいわ」

とよく言われるが、これもイメージの問題だと思う。雑誌に出る写真はたいていよく撮れている。特にマガジンハウス系は、

「これっていったいどなたですか？」

と言われるぐらいキレイな写真にしてくれる。ごくたまにであるが修整もしてくれ、夫はよく、

「こんなの詐欺じゃねえか」

と言うぐらい。それなのに会う人は、

「あら、思ってたよりもマシじゃん。これは写真のせいね」

と考えてしまうようだ。イメージっていうのはこわいですよね……。あまりにも「実物は……」と言われて、かなりメゲてしまうのである。

ところでダイエットに成功したら、髪をショートにしようと考えていた。いっきにイメージチェンジするつもりであったのだが、なかなかその時はやってこない。

私はヘアケアにすごくお金と時間を遣っている方だと思うが、それでも若い時に比べた

ら艶はなくなっている。ついこのあいだのことであるが、仲よしの某有名人と対談をした。彼女の名前を言うとどの雑誌かわかってしまうから言わないけれど、出たのはまるでなじみのない女性誌と思っていただきたい。

よく知っている雑誌で編集者の人もなじみだったら、いろいろ注文つけられるのであるが、初めてのところだったので私も気を遣った。そこはカメラマンがヘンに張り切って、いろんなアングルから撮るワケ。下から狙われるとトシマはつらい。顎が二重になってしまう。

「ちょっとォ、マガジンハウス風にレフ板きかせて、キレイに写して」

と言いたい気持ちをぐっと抑えた私である。

しかし掲載誌が送られてきて、頭にきた。下から撮ってるのはやっぱりブスに見える。それより許せないのは、コートを着て帰る私たちの後ろ姿をバッチリ撮ってるところ。こんなの騙し討ちじゃん！　あんなにいっぱいポーズつけて撮った写真はどこへ行ったの。

私たち〝文化人〟っていわれる職種は、芸能人と違って写真を見せてもらえない。たまにネガチェックさせてくれるところもあるが、

「こんなのイヤ」

と言おうものなら、

「ナニさまのつもり」

と悪口言われるに決まっているから、あんまりいろいろ言いません。

だけど後ろから狙うってどう思います？　美容院行ってたからバサバサってことはないけど、後ろから見るとやっぱり艶がないのがわかる。

この時私はショートにすることを決心した。髪を切るのは五年ぶりぐらいだ。

「だけど着物着る時、アップに出来るギリギリの長さで」

とお願いした。そうしたら、

「ハヤシさん、ゆるくパーマをかけてみたらどう」

とアドバイスされた。私はもともと髪が多いので、パーマをかけるとボリュームが出すぎる。何よりもオバさんぽくなるのでパーマはずっと敬遠していた。もう十五年ぐらいかけていないと思う。

しかし、

「パーマをかけて表情を出した方がいい」

ということで、今日やってきました。ついでにメイクもばっちりしてもらった。なぜなら前から憧れていたある男性と対談することになっていたからだ。

絶妙なアイラインをひいてもらった目で、私はじっとその方を見つめた。その人は言った。

「ハヤシさんってイメージまるで違いますね」

これって喜んでいいんだろうか、悲しんでいいんだろうか……。

至福のとき

このページの担当編集者、K青年ことコイケ青年は大学出たてのさわやか青年である。文句なしのイケメン。どのくらいイケメンかというと、NHKとフジTVのアナウンサー試験をマイクテストで落ちた。このことは既にお話ししたと思う。

このあいだフジTVのえらい人に会った時にもこの話をしたら、

「そんなにハンサムで、マイクテストで落ちるというのは、滑舌が悪いんじゃないの」

ということであった。そういえばやや話し方がもっさりしてるかもしれない。

このコイケ青年がこのあいだテレビに出たそうである。手土産の特集で、

「アンアン編集部は、こんなお土産持っていきます」

とか言ったらしい。

「そうしたらネットにいろいろ出たんですよ。僕の大学のこととかいろんなことまで書かれました。テレビに出るって本当に大変なことなんですね」

と彼はため息をついた。

そう、テレビに出るのって本当に大変。芸能人や有名人もいろいろ書かれてるが、この頃はネットでシロウトさんも標的になるからコワい。

これは有名な話であるが、K-POPのコンサートで、観客の一人を選びパフォーマンスの相手にするコーナーがある。彼女のためにラブソングを歌ったり、肩を抱いたりする。ある日たまたま制服姿の高校生が選ばれた。そうしたら会場みんなの嫉妬の対象となり、次の日ぐらいには彼女の通っている学校から氏名まで出たそうだ。こわいですね。

「ハヤシさんみたいなオバさんならOKだけど、女優やタレントさんが人気グループの招待席やいちばん前で見てると、やっぱり『こいつらタダでいい席座ってムカツク』って書かれます」

と若い友人が教えてくれた。

さてこの頃忙しいのは相変わらずであるが、月刊の連載小説が幾つか終わり、ちょっぴり心に余裕が出てきた私。そして私は心に決めた。

「出来た時間をキレイになるために使いましょう」

ジム通いをしてもいいのだが、秘書のハタケヤマが冷たく言った。

「ハヤシさん、一度も行かなかったジムの会員権一年間の期限が今月で切れますよ。もう二度と契約しないでくださいね」

はい、それならばとエステに行くことにした。私の行くところは銀座四丁目をちょっと歩いた六丁目。このあたりを歩いていると、何度かつかまる。ホステスさんのスカウトなら嬉しいのだがそんなことはなく、街頭インタビューしてるテレビ局の人につかまるんですね。よっぽどヒマそうに見えるんだろうか。

このあいだは女の人の写真を貼ったボードとマイクをつき出され、

「この人、何歳に見えますか」

だって。

出てもいいのであるが、なんか恥ずかしいかも。それに、

「私のこと知らないのかしら」

という残念な気持ちもある。たまにテレビに出てるんですが、あんまり顔知られてないのね……。

そうしたら、

「ハヤシさん、街頭インタビューには出た方がいいですよ」

と知り合いのテレビ局の人がきっぱり。

「私がパリ支局にいる時ですけどね、日本のテレビ局ですということで街頭インタビューをしたんです。そうしたらふつうに答えてくれた女性がミレーヌ・ドモンジョだったんです」

「その人って……」

「日本では吉永小百合さんにあたるような国民的大女優です。この人のビデオを流したら日本でも大騒ぎになり、司会者が、『この人、本当に知らなかったんですか！』って叫ん

だんです」

「ふうーん、いい話ですね」

「ですからハヤシさんもさりげなく街頭インタビューに出たりすると、誰かが気づいて、すごくいい人だねと皆に言われますよ」

といういうことで、今度マイクをつきつけられたらちゃんと答えようと意識して歩いていると、こういう時は無視されるもんなんですね。

おとといはエステの後、六本木歌舞伎に行くことになっていた。

パックして寝ころびながら、私は幸せだなぁと思う。

「こんなふうに至福の時を過ごし、その後お芝居なんてまるで夢のようなスケジュール」

しかもお芝居がはねた後は、招待してくれた人とお鮨屋さんに行くことになっている。

そして六本木のEXシアターに行ったら、結構いろんな人に声をかけられた。歌舞伎を見にくる人と私の読者層とは重なるんだろうか。

「ハヤシさんでしょ」

と尋ねられとてもつらい。なぜならエステの後ゆえ、髪はボサボサ、ろくに化粧をしていなかったのだ。どうしてこういう時に、人は私に気づくんだろうか……。

みのがして！

私は「靴フェチ」ではない。フェチならば靴をうんと大切にするからだ。単に買うのが好きな「靴大尽」という方が正しいであろう。

靴はものすご〜〜く持ってる。壁一面の収納に入り切らないくらいに。買う時なんか、いっぺんに五足、六足買う。

しかしいつも履いていく靴がなくて、泣いているの。どうしてかというと、まぁ、私の話を聞いてください……。

私の足は、幅広甲高というサイテーな形をしている。小指分がどうしても邪魔なのだ。ある日青山を歩いていたら、「世界でいちばんラクチンな靴」という看板を見つけた。この靴は平らで幅広く先がゆるい斜めになっている。ダサい形といえばダサいが、確かにラクチン。ふだん用に二足買った。

とはいうものの、ふだん私はヒールのおしゃれな靴を履きたい。が、それが日々むずかしくなってきたのだ。あまりにも先が細い靴を履き続けた結果、小指が変形してしまった。

マメが出来て、元よりも一・五倍ぐらいの大きさに。これに細〜い靴を履くと、もう拷問である。

そんなわけで履き慣れた、ということは私の足の幅で拡がった靴二、三足が私のレパートリーになってしまった。洋服に合わせて靴を選んでも、痛くて痛くて足が入らない。なんとか入るもので外出する。対談やインタビューの際、やはりヒールでぴしっと決めたい。そのため、私はトートバッグにいつもぺったんこシューズを入れているのだ。

ところで、私にはスタイリストさんがいない。いつも自前の服だ。なぜならば、足と同じくボディもサイズがむずかしいワケ。たまにお願いしても、

「ハヤシさんの最近買ったものを見せて」

ということになり、その中でコーディネイトとなる。だったら自分で揃えればいいかなと考えるようになったのだ。

先週のこと、脚本家の大石静さんが言った。

「私たち、いつも同じ服着てる、って言われてるわよ」

「えっ、何のこと?」

「朝五時からの番組で見てるみたい」

大石さんと私とは、某テレビ局の番組審議委員をやっている。課題のテレビ番組を見てあれこれ感想を言うのだ。この会議は毎月第三水曜日の午後に開かれるのであるが、内容は次の週ぐらいの早朝五時から放送されるみたい。

そんな早朝から、会議のダイジェスト番組を見ている人がいるとは思えないのだが、何人かはいてネットに書き込みする。私たちがある時、あるドラマに苦言を呈したら、

「ブサイクな女たち、黙れ」

と、ものすごいことを書かれたらしい。

と同時に、

「いつも同じ服ばっかり」

と書かれていたらしい。

実は大石さんも私と同じ、ジル・サンダーのファン。あそこは黒か紺のシンプルなデザインだ。同じものばっか着てる、と見られたらしい。

「口惜しいなぁ」

と思ったものの、確かに同じものを着てメディアに出ることは多いかも。だって自分のお金でシーズンのものを買うとしたら、量は限られる。私なんかものすごく買う方だと思うが、それでも毎週違うものは着られない。

それでいろいろ考えるわけ。

「クロワッサン」のカラーグラビアで着ていた、ペーパーレザーの紺のジャケットと紺のワンピースのセットは、とても気に入っているのであるが、モノクロの週刊誌の対談に着用。

このセットを、「美ＳＴ」の巻頭カラーグラビアインタビューに使おうとしたがやはり

やめた。「クロワッサン」と「美ST」は、かなり読者が重なるからだ。

それでは「美ST」で着た、淡いグレイの春のスーツは、どこで着用したかというと「家の光」の対談ページですね。こちらもカラーであるが、JA（いわゆる農協）グループが出している雑誌と、「美ST」とは、まず読者がかち合うことはないだろうという判断である。

そして「美ST」の方から、

「もうワンカット上半身撮るので、もう一着お洋服を用意してください」

という要望があった。

私の頭の中のパソコンが、あれこれ浮かび上げる。

「春っぽくておしゃれで、他の雑誌に出ていなくて、しかも痩せて見えるもの」

ということで、三年前に香港で買ったランバンのカーディガンにした。これは前の両脇が、すごく繊細なレースになっているもの。これを着てるとたいていの人が、素敵と誉めてくれる。

よってこれで「美ST」のグラビアのアップの写真を撮ってもらった。OK、よかったと思ったのもつかの間、今日「婦人公論」が届けられた。中に一ヶ月半前に撮った私の写真が載っている。同じカーディガンであった……。だけどもう私のせいじゃないって気がする。私は全力を尽くしたもの。

息を呑むミスター

うちの死んだ父親は、若い頃本当にハンサムであった。目がパッチリしていて彫りが深い。映画俳優のような顔立ちだったのである。そういうことを言うと、

「ウソばっか。女の子は男親に似るっていうわよ」

とこちらをじろじろ見られるのが関の山なのでじっと我慢していた。私は母親似なのだ。

ところがある雑誌で父のことを語ることになり、昔の写真を出した。そうしたら反響がすごい。いろんな人からメールがきて、

「お父さんって、すっごいイケメンじゃん。びっくりした」

とある。

ところでついでに、うちの夫も若い頃はハンサムと言われていた。今でもそう悪くないかもしれない。いくら食べても太らない、ほっそりとした体型だ。おじさんにしては、まあまあおしゃれだ。よく、

「ハンサムなご主人でいいわねー」

と言われるが、そんなことはない。

ところで父の写真を見た友人は言う。

「あなたがメンクイになるのわかるわ」

本当に私はメンクイであろうか。そりゃあブサイクよりも、イケメンの方がいいに決まっているが、それほど固執した憶えもない。なぜならそんないい男が、私のことを好きになってくれるはずもないからだ。若い頃は「ほどほど」のところで手を打ったが、あちらも「ほどほど」で我慢しているのが何となくわかった。

「ほどほど」と「ほどほど」とで、まあ恋愛していると思っていたわけだ。今の人というのは、それほど自分の好みでもない異性の機嫌をとり、お金と時間を遣うのがイヤだというう。それほどまでしてつき合ったり、セックスしたくもないという考えの人が増えているらしい。

しかし私たちが学生の頃は、恋人は車と並んでの必需品。それを持てないとかなりみじめな思いもし、行動半径もせばまるというので、みんなそりゃあ頑張りました。そして頑張っているうちには、掘り出しもんといおうか、

「えぇ、いいの？　本当に」

というのにもあたる。

私の場合もの書きになり、有名人になってからは男の人のレベルもぐんぐん上がってい

ないけど。

き、あの頃は楽しかったなァ。まあ、いきついた先が今の夫じゃ、あんまり自慢にもなら

つい先週のこと、私はびっくりするようなイケメンに会った。仕事柄、芸能人にもお会いすることがある私であるが、彼には驚いた。もちろん一般人だからスターの持つオーラはないけれど、その分素朴な魅力がある。

モンテカルロ・バレエ団の「白鳥の湖」に招待され、隣の席を二枚買った。うちにバイトに来ている慶応生のミサキちゃんに、

「友だち誘いなよ」

と渡したところ、

「ミスター慶応つれてきます。期待してください」

とのこと。大学のイベントで選ばれたんだって。タカが学生のお遊び、と思ったところ劇場のロビイに現れた彼を見てびっくり。

「ウッソー！　何、これ!?」

身長百九十センチはあろうかという長身に、紺のピーコート、白いパンツをはいている。このコーディネイトは、ヘタするとダサくなるところであるが、脚がものすごく長く、顔が小さい体型、ややクラシックなアイビー風の短髪にぴったりだ。そして端正な品のある顔立ち。劇場で偶然会った私の友人二人も、

「すっごいイケメン……」

と息を呑んだほどだ。

「本当は準ミスター慶応なんですけど、一位は組織票があったから、本当はこっち」

とミサキちゃんが教えてくれた。

折り目正しく知的で、本もよく読んでる。私のも読んでいて好感度さらにアップ。某大手商社に内定していて、四月から勤めるんだって。

「商社はキレイな女の子多いし、モテモテで大変だよ」

といじったら、

「カノジョいますから」

ときっぱり。そりゃそうでしょうね。

そしてバレエの後、三人で食事をしたのであるが、残念ながら話がはずんだとは言いがたい。そりゃあそうですよね、トシが違い過ぎるもの。あちらも緊張しているのがわかる。

三日後、私はおなじみのテツオと、割烹カウンターで焼酎を飲んでいた。

「あまりにも完璧な若いイケメンって、私にとってもうただ眩しいばかり。おたくのアナウンサー試験落ちたコイケ青年でも、やっぱり話通じないしさ」

「もう仕方ないじゃん。あんたもトシだしさ」

そういうテツオも、もう中年のオヤジ。かつてはマガジンハウスが誇る美男子であったが、今は脂気が抜けてる。しかしいい感じになり、こうして飲むには最高の相手だ。そーよ、イケメンは若い時から手元においてなじませなきゃねと、つくづく思う私である。

春の誘惑

久しぶりに買物に出かけた。

友人のバースデーパーティーに、なにかプレゼントをと思ったのだ。

お店はどこも春のお洋服でいっぱい。私はダイエットの計画がかなり崩れ、今だったらばっちり体重を落としているはずであったのに……。が、そんなことは言っていられない。季節は春。

友人のプレゼントを買うという名目でショッピングに出かけ、そしてあれこれ試着する。

「フレアースカートが流行っていますよ」

勧められて着てみたところ、パーッと拡がり、まるで茶巾鮨の黄色いふわふわ部分みたい。拡がり方がふつうじゃないのだ。どういうことかというと、ウエストのホックをなんとかかけ、肉を落とし込むと、きゅーっと絞った状態になるからなんですね。

PRADAでは、コレクション・ラインを勧められた。コレクション・ラインと言えば、そお、まだ流行が下流にやってくる前。源流中の源流。おしゃれ上級者が着こなすもの、

私なんかとっても無理。

が、このロシア風スカートも、無難な黒ジャケットと組み合わせたら、なんか私にぴったりではないか。

「これ、いただくわ」

と言い、私はふと思い出した。先月も、その前も、この言葉を口にしたことを。そしてえらいめにあったことを。

私のうちの真隣に、友人が引っ越してきたことは既に話したと思う。私の知らないうちに空き家を買い、更地にしてすっごい大きなうちを建てたのだ。私は看板が立って初めて新しい所有者を知った。

「ひと言ぐらい相談してくれればよかったのに」

とブツブツ言っていたら、友人が、

「本当にマリコさんのことを好きなのに素直に言えないのね」

とか笑ったものだ。

そして彼女は、趣味の茶道のために、本格的なお茶室もつくり、私もなんとなくお茶を習いに行くようになった。

女社長の彼女はお金持ちのうえに、お洋服と着物が大好き。買い方もハンパじゃない。しょっちゅう展示会へ行き、

「訪問着三枚買っちゃった」

なんて言ってる。

着物の値段は、お洋服の比ではない。シャネルやヴァレンティノなら別であろうが、訪問着一枚分で、スーツ三着にワンピースは五着ぐらいは買えるかも。

バブルの頃は、私もじゃんじゃん着物を買ったものであるが、今はこんなに本が売れない世の中である。節約を心がけている。それでもたまにタガがはずれることもあるけれど、お洋服なら知れたものだ。

それなのに友だちったら、この頃家に呉服屋さんを呼ぶんですよ。

「関西から、いっぱい着物と帯を持ってきてくれるから、あなたも来なさいよ」

ということで、私の友人で着物好きの二人を誘って出かけた。

夜の八時に行ったら、彼女の広い居間には、もう百枚以上の着物と帯が用意されていた。女性の専務と番頭さんが次々と着物を拡げてくれるのであるが、その素敵なことといったら……。どれもよりすぐったものばかりである。

「わー、キレイ。すごい」

私たちは歓声をあげた。

この頃は着物を着る人がどんどん少なくなっているので、銀座のお店も次第に閉店している。また見に行っても品揃えがあまりない。

しかしそのお店は、ものすごく趣味のいいものをどっちゃり持ってきているのだ。私が思うに、今、着物は完全に二極分化していて、安いアンティックなんかを上手に着こなす若い人と、うんとお金持ちのおばさんグループ。この人たちがどんどんマニアックになり、贅沢なものを追い求めるようになってきているのだ。

私は中間の、そこそこの値段でそこそこ着物のおしゃれをしたいと考えているのであるが、目の前にすごいものを見せられるともうダメ。

隣で例の友人が、

「もうこんな染めの出来る職人さん、いないわよ」

「ちょっとォ、こういう一本帯は持っていると重宝よ」

そして女性の専務さんが、

「お値段もお引きいたします。特別プライス！」

なんて言う。まるで○○商法。気持ちが昂ぶりきった私たちは、

「じゃあ、その帯いただくわ」

ということになるのだ。まず私が買ったのは汕頭《スワトウ》の帯。そうあの手の込んだ刺繍のハンカチが帯になったと思っていただきたい。

そしてその帯の支払いを何とかしたと思ったら、先週またやってきた呉服屋さんが、パッと白い着物を拡げた。

「八年ぶりに汕頭の着物が仕上がりました」

おおと歓声をあげる私たち。そしてその着物を買ったのは私です……。洋服は理性が働くのに、着物はまるっきりおバカになるのはどうして？

励みは一輪のバラ

バレンタインのチョコをこまめにばらまいたおかげで、ホワイトデイのお返しがどっさり。

いろんなクッキーやチョコをいただいたが中でも嬉しかったのは、エリザベス女王のフィギュア。なんとソーラーでお手ふりをするのである。

わが家の棚の上に置いたら、部屋がとても格調高くなったような気がする。毎朝女王さまが、

「今日も頑張りなさい。オホホ……」

と励ましてくださるのである。

そして大本命からも！

最近お稽古ごとで知り合った、三十代の某男性は、竹野内豊そっくり。よく街で間違えられるくらいだという。

この人にゴディバのチョコを渡したところ、昨日、「はい、これ」と細長い箱を渡された。

何だろうと開けてみたら、ガラス製の真っ赤なバラが……。ベネツィアングラスだとい

う。

「なんて素敵なの……」

これって何かの告白であろうか。まさかそんなことはない。ただ、おばちゃんに親切にしてくれているやさしい男性なのよね、と思うものの、胸はふくらみ、さらにダイエットや美容に励む私なのである。

ところでこれは自慢なのだが、ある女性雑誌を見ていたら、

「年を重ねるごとに素敵な人」

という記事に私の名前が。吉永小百合さんや黒柳徹子さんと一緒にバッチリ出ているではないか。そうだ、世間はちゃんと見ているのだとしみじみ思う私。テツオも電話をかけてきた。

「このあいだクロワッサンで対談してた写真、すっごくキレイだったじゃん。君島十和子さんに、そんなに負けてなかったぜ」

「ありがとう」

彼がこんなお世辞を言ってくれるのは本当に珍しい。

「それとさ、新刊の新聞広告に、どーんとでっかく載ってた写真、あれもものすごくいいじゃん。顔のラインがシャープでびっくりだよ」

そう、あれには私も驚いた。週刊誌の対談の時に撮った最近の一枚なのであるが、カメラマンの技、光の具合、レフ板のあて方がうまく重なり、まるで奇跡のように美しいポー

トレイトが出来上がったのである。

「私もさ、テレビなんかに絶対出ないで、雑誌だけに出てたら、美人と呼ばれてたかも……」

とグチをこぼしたら、

「そう、そう。三次元はダメ。二次元の女ってことだな」

と彼は笑う。本当にイヤな男である。

それにもめげず日々頑張っている私。

ダイエットと健康のために通っているドクターからは、このあいだ見放されかかったけど。

「ハヤシさん、どうして体重が増えるんですかねぇ」

私にもわかりません、いろいろ気をつけてるんですけどね。

「ちょっとこれ、使ってみて」

と、いつものビタミン剤の他にサプリメントを渡された。

「これはね、おしっこの中に糖類が流れてくものです。トイレが近くなるけど、いっぱいお水飲んで頑張って」

ということで、モルモットになったような感じであるが、お水をうんと飲んだ。そうしたらほんのちょっぴり体重が減り出したのである。

が、ここに来て大変なことに。忙しいのと睡眠不足で、口唇ヘルペスになってしまった。

唇が腫れてその痛いことといったら、まるでハチにさされたようになってしまったのだ。

「ひどい顔になっちゃった」

とみなに言ってもわからないとのこと。そうよね、もともとタラコ唇の私だから、腫れてもわからないのかもしれない。

そうしている間に、私は〝ヘルペスか〟と思う女性に何人も遭うことになる。そお、みんなヒアルロン酸の入れすぎで、やたら唇がぷっくりしている女性たち。

整形が悪いなんて言ってるわけじゃない。芸能人でやってる人多いはず。美しい顔をさらに完璧に近づけるため。もうみんな、この世の人じゃないくらいの美女になっている。

こういうのならわかる。しかし私がどうしてもわからないのは、中年に近づいて若づくりのいろんなことをしているのであるが、

「どう見ても、アナタ、失敗してますよ」

と言いたくなる人たちです。

こめかみをひっぱってるから、みんなキツネ顔。そのうえ唇をやたらぷっくりさせているからすごくおかしい。

こういう人にたて続けに遭い、私は目のやり場に困る。そしてつい言ってみたくなるの。

「ちょっと、お直し、やり過ぎでは……」

言いたくて口がむずむずする。しかし言えるわけなく、「王さまの耳はロバの耳」よろしく、近くにいる女友だちにすぐにチクる私です。

助かった……

ブランド大好きな私であるが、シャネルだけは手が出ない。なぜならば、あまりにも高価だからだ。どれをとっても「ウッソー！」というような値段である。

それでも円高の頃は、海外でいろいろ買いましたよ。香港やハワイやパリで、ニットやバッグ、スーツを買った記憶もある。

何度も書いていて恐縮であるが、その昔、ロングロング・アゴー、私が独身でお金持ちだった頃、パリの本店でオートクチュールをつくったことがある。

オートクチュール、オートクチュールですよ！　いくらシャネラーと呼ばれる人でも、日本人でオートクチュールをつくった人はあんまりいないのではないでしょうか。

そんなわけで、うちの中を探すと、その頃の戦利品ともいうべき、おシャネルのものが出てくる。私のおしゃれな友人が言った。

「エルメスとシャネルだけは、古くなっても捨てないワ。ヴィンテージとして価値が出てくるもん」

私も十年前に買ったラメ入りのスーツをとても大切にしている。サイズが変わったのでかけっぱなしにしているけれど、いつかダイエットに成功する日を信じて……。

ところがつい最近、ハワイで買ったニット（白い厚手のやつ）を着ようとしたら、

「キャー！」

虫にやられてた。

泣くに泣けない気分。それでも捨てることはしなかった。うちの中でだけ着ることにした。なぜならうんと高かったシャネル。そしてもう高過ぎて買うことなんか不可能になりつつあるシャネル。

表参道店も、ただ通りすぎるだけだ。しかしいつも人がいっぱい。中国人観光客で。

そんなある日、銀座で約束があった。地図を頼りに歩いていくと、そのレストランは、シャネルとカルティエの間を入っていくことがわかった。約束の時間まで三十分ある。その時私の中に、

「ちょっと、中をのぞいてみようかなァ」という気分が目ざめたことを、誰が非難出来ようか。

もちろんお洋服を買うことは出来ないが、かわいい小物があったらちょっと見てみたい。

その時の私の格好といえば、バーバリーのトレンチなのであるが、バッグは青いバーキンを持っていた。そお、入っていっても、

「どうせあんた、買わないんでしょ」と冷たい視線を浴びない自信はあったワケ。

ところが入っていったらびっくり。すごく丁寧な対応で、まるで大塚家具みたい。

「いらっしゃいませ。何をお探しですか」

店員さんがぴったり横についてきた。こういう時、

「ちょっと見てるだけ」

と言えないのが私の気の弱さ、ミエっぱりのとこ。

「春のニットを探しているんです」

とつい言ってしまった。

そういうわけでいろいろ出してくれたのだが、値段を見てびっくり。苦しまぎれに、

「もっと薄い、紺色のカーディガンが欲しい」

と具体的に言ってみた。これだったら、

「ちょっと違うかも。ごめんなさい」

と帰れるかも。

ところが、ぴったりの紺色のカーディガンがあったんですね。本当に素敵。シャネルマークのボタンもさりげなくていい感じ。値札をそっと見る。三十七万円！　ひえ〜ッ。

その時、私の心の中に不思議な気分が。それは、

「毒を喰らわば皿まで」

といった気分ではなかろうか。

つまりカーディガンでこんな値段だったら、もっとお金を出して、スーツかワンピを買

ったろーという居直りなのである。

「あっ、そういえば」

とお金持ちのマダムを装う私。

「そこに素敵なスーツがあったので、ちょっと見せてくださらない」

そのスーツは、衿のところに貴石がいっぱいついている、ものすごく手が込んでいる美しいスーツであった。

「まぁ、お客さま、お目が高い」

店員さんは言った。

「これはオートクチュールコレクションのものなんですよ」

「あら、そう。それでいかほど」

「一千万です」

ヒェー！ そんな値段のスーツがこの世にあるなんて。

もう進退窮まった私は、三十七万のニットを買わなくてはならないかと覚悟を決める。

「じゃ、この上のサイズを」

「はい、ちょっとお待ちください」

その時、奇跡が起こった。

「お客さま、そのサイズは今、別の方がご試着を……」

中国人の団体さん、本当にありがとうございました。特にデブの人、ありがとう。

化繊のワンピ

四月一日は私のバースデーであった。

うちの夫は何を買ってくれるわけではないが、こっそりバースデーケーキを用意してくれた。それには、

「マリちゃん、がんばって」

という文字のプレートがあった。

私の友人の旦那さんはとてもお金持ちであるが、ケーキを用意してくれたりはしない。その替わり、

「自分の好きなものを買ってきなよ。領収書持ってくればすぐに払うから」

と言うそうだ。

「おたくのケーキの方が愛があるわよ」

と彼女は言ったが、私としてはこちらにも心惹かれる。

そして誕生日の次の日、私はまたどっちゃりとお洋服を買ってしまった。この頃私は、タガがはずれたようにお洋服を買ってしまう。

これはどうしてであろうか。

ひとつは、ダイエットをしていても成果がない。もうこうなったら、大きなサイズで買ってしまおうという心理が働いていること。

ふたつめは、今年（二〇一五年）はベストセラーもなく財政的に厳しくなっている。昨年なまじ収入があったばかりに、予定納税がどっちゃり。

「うんと節約してください」

と税理士さんに言われたとたん、なんかヤケを起こしたくなり、消費に走ってしまったのではなかろうか。

おかげでうちのクローゼットはパンクしそう。ドアの前にいろんなものがはみ出している。

このあいだ、「フランス人は10着しか服を持たない」という本を買い、少しは心を入れ替えようと思った。そう、私は何かを間違えているのだ。しかし本を読んだら、この10着の中には、コートやジャケットは含まれていないではないか。おまけにワンシーズンということなのだ。それなら、日本の平均女性もこのくらいの枚数ではなかろうか。いや、ちょっと上ぐらいかな。

ついこのあいだエンジン01文化戦略会議イン富山が行われた。百七十人の文化人が富山県に集結して、七十コマのシンポジウムを繰り拡げるのだ。

こういう時、女性たちはわりとおしゃれ合戦になりますね。ファッションに関心の高い人たちが多いので、三日間洋服を替える。さすがの私も、三日分のコーディネイトを持っていったが、結局三日めは一日めと同じジャケットを着てしまった。よく見ていると、女性の何人かは化織のワンピを着ている。シワにならないし、プリント柄が素敵だし、旅行にはぴったりのすぐれモノ。しかし、デブの人には体型がぴったり出るという難点がある。

このワンピを綺麗に着こなしているのは、池坊のお姫さま、ミカちゃんだ。巻き髪、ナチュラルストッキングという美女の王道をいくファッションに、このプリントワンピはとてもよく似合う。

そしてもう一人、このプリントワンピで、人々の目を惹いたのが、ご存じ魔性の女、中園ミホである。

私は十年前から、

「この女はタダモノではない。男をからめとるオーラを持っている」

と言い続けてきた。

このところ脚本家として仕事も絶好調、メディアに出る機会も増えたため、

「本当に美人。あの話し方もいかにも男の人に好かれそう」

という賛同者がまわりにいっきに増えた。

なにしろモテ方が尋常ではないのだ。

エンジン01の大会中も、男の人が二重にも三重にもとりまいている。はっきり言うと、

みんなが彼女を取りっこしているワケ。

食事も終わり、軽くバーで飲んだ後、彼女のケイタイに着信が。

「あっ、〇〇さんからだわ」

つまり近くの店で飲んでるから来てと、彼女にだけ来てと言っているのである。こういうのはムッとするではないか。

「私たちも行くもんねー。おじゃま虫と言われても行くもんねー」

と岩井志麻子さんや中瀬ゆかりさん、他の男性たちとぞろぞろ後を従《つ》いていった。すると彼女は連絡を密に取りながら、どこかの店に入っていくではないか。私たちも中に入ろうとしたら、最初に行った男性が、

「もういっぱいで中に入れないよ」

とひき返してきた。本当は入れたのであるが、先に行った男性たちが彼女を囲んでいる光景にムッとしてしまったらしい。中園さんに言ったら、

「あーら、そう。酔っぱらってたから何も憶えてないもん」

と余裕の発言ですね。そう、体にぴったりのプリントワンピはいい女の証。私には一生縁のないものを彼女は、

「シワにならなくて便利だもん」

と選ぶ。モテる女というのは、ごく無意識にそっちの方に行く。彼女を見てるとよくわかる。

〃お直し〃お国柄

半年ぶりにまたソウルへ。

昨年の秋に行った時、本当に楽しかったからだ。

特に私が気に入ったのは、韓定食のお店。お昼に予約して行ったところ、おかずが並べきれないぐらい出てくる。チヂミ、焼き海苔いっぱい、春雨の炒めもの、サバの焼きたて、お刺身、酢味噌のあえもの、など、なんと二十種類出てくる。スープは三種類。おこげのスープも絶品であった。しかもこれで三千円!

「本当にこの値段でいいんですか?!」

と聞きたいぐらいであるが、一緒に行った元アンアン編集長ホリキさんによると、円高の頃はこんなもんじゃなかった。もうどれもが信じられないぐらい安かったんだと。

ランチの後は、カロスキルでかき氷を食べた。ここのかき氷は、ミルク入りの水を凍らせたもの。だからコクがある。それにおいしくてあんまり甘くない小豆がどっさりかかっているわけ。

私は餅の皿も注文した。韓国は餅文化の国で日常的に餅を食べてる。このメニューは焼いたお餅にキナコをかけ、その上にアイスをのっけてるもの。たまらなく美味であった。

そしてデザートの後は、ショッピングですね。流行のレースものがどっさりで私も二枚買った。

おしゃれ番長のホリキさんも、韓国でかなりお洋服を買い、ブランドものと組み合わせるんだそうだ。

「夏ものなんかこの値段だと、惜しみなくワンシーズンで捨てられるから、すっごくいいわよ」

日本で言えば代官山という感じのカロスキルは、おしゃれな女の子がいきかう街。私は日本で、カメラマンやＯＬなど何人かの韓国の女の子を知っているが、誰もがすごい美人である。韓国の女性特有の、陶器のような真っ白な肌だから出来るあのメイク。そう、濃く太いリキッドアイラインと、真っ赤な口紅のメイクをいつもステキと思っていた。が、ソウルに来るとわかるけど、そうキレイでない女の子も、ものすごい数いるんですよね。このあたりも美容整形のクリニックが軒を並べているが、みんながみんな〝お直し〟しているわけでもないらしい。

それよりも私がびっくりするのは、鼻や顎に、大きなバンソウコウやギプスみたいなものをした女の子たちが、マスクをすることもなく堂々と歩いているということであった。ホテルでも何人かのこういう人に会った。

「みんな中国人よね」

とホリキさん。

「ツアーで来て、手術して、術後の様子を見るためにしばらく滞在して、その間カロスキルに買物に来てるんじゃないの」

韓国の女の子は、何のためらいもなく〝お直し〟すると聞いていたが、この頃は中国人も多いみたいだ。そう言われて観光客の何人かを見ると、鼻だけが不自然にすうっと高いことがある。

日本の整形だと、鼻を高くした場合、曲線をつくるために顎の前に出すことが多いような気がするけれど……。

それにしてもこの堂々とした態度はアッパレだと思う。

「自分の顔で気にくわないところがあったら直す。少しでもよくするのはあたり前」

という揺るぎない信念に基づいているのだと思う。

私もそういう信念が欲しかったが、小心だし、人になんか言われるのがキライ。

「ブス」って言われるのよりも「顔を直した」と言われる方が、はるかに屈辱に感じると思う。なんかいじったりすると、

「自分の運命に負けた」

という感じしませんか？

それよりも自分の努力の及ぶ範囲で、一生懸命キレイになろうとする方を私は選んだ。コツコツやってこんなもんですが。何よりも若い時はお金がなかった。そして今、顔をい

じくると、かなり悲惨なことになる。その例をいっぱい見ている。

中年の女性たちが〝お直し〟するとすぐわかる。目がキッとつり上がり、唇はヒアルロン酸入れすぎてアヒルみたいになっている。やる人はなぜかあの顔が好きみたいだ。

しかし友人、知人が集まると、みんな言う。

「いずれはやりたいわよね〜」

キレイごとだな。もう既に〝お直し〟してる人もいっぱいいるくせに。一応「やりたい」を表明することにより、いかに自分が正直で、かつ整形に偏見を持ってないか言いたいわけだ。

女の人は整形に関してとことん嘘をつく。

「どこ直したい?」

という話題になると、誰一人本当のことを言わないもの。目を直したい人は鼻と言い、鼻を直したい人は、目をいじりたいと言う。

そう、バンソウコウ貼って歩くような、太っ腹なところはまるでないのが、我ら日本の女。

贈り、贈られ

もはや先月のことになるが、私の誕生日には、たくさんのお花やプレゼントをいただいた。

アンアン編集部のコイケ青年も、包みを持ってやってきてくれた。なんとシャネルのスカーフではないか。花模様の本当に綺麗な柄。

「ありがとうねー」

とお礼を言ったら、

「ボク、女の人にブランド品を贈るのは生まれて初めてです」

とかわゆいことを言う。

おととしまで大学生だったので、彼女にはアクセサリーとか、安い（たぶん）バッグをプレゼントしていたのだろう。もちそれでOK。若い女の子でブランド品を持っている方がおかしい。誰かの愛人やってんのかと疑われてしまう。

若い女の子なら、チャームや細いリングを、

「これ彼からもらった」

と見せびらかすのが正しい。

うちでバイトをしてくれていた大学院生のミサキちゃんも、今年無事に修士を修了した。彼女は就職しないで、翻訳のバイトをしながら好きな勉強を続けていくそうだ。彼女にも何かお祝いをと考えたが、お金や商品券だと味気ない。

あれこれ考えていたら、私のバッグ置き場に目がいった。このところバッグは棚からはみ出している。そりゃそうだ。買っても前のものを捨てないからだ。

プレゼントでバッグを何個かいただいたというのに、自分でも夏物を買ってしまった。どうしてこんなにバッグを買うのか。

友人が言った。

「私たちデブは、洋服で好きなものを買えない代償に、バッグをぼんぼん買っちゃうんじゃない」

そうかもしれない……。

その棚の中には、一度も使っていないものが何個かある。セリーヌの黒いドクターバッグもそのひとつ。三年前、軽井沢のアウトレットで買ったものだ。形が今っぽくないうえに重いので一度も使っていない。それなのにどうして買ったのか自分でも不思議だ。

これをミサキちゃんにあげることにした。

「何か買おうと思ったけど、よかったら使って」

と渡したところ、とても喜んでくれた。

「わー、いつかセリーヌのバッグを持つというのが私の夢だったんです」

と目をウルウルさせた。

「あの横に出っ張ってる流行の形じゃなくてゴメンね。でも黒だから使いやすいよ」

そうしているうち、あるものを思い出した。このあいだ私が、アレキサンダー・マックイーンのスカルのスカーフをしていたら、編集者の女性が、

「いいですね、それ。見たことない。ステキ」

と誉めてくれた。このあいだクローゼットの中に、もらいものの色違いを見つけたばかり。

「そうだ、あれをあげよう」

長い連載が終わり、彼女にもとてもお世話になった。喜んでくれたら嬉しいかもと、今日食事の時に渡した。

「まぁ、ありがとうございます」

と顔がパッと輝いた。

私は考える。うちにはモノが溢れている。これからは少しずつ放出することにしよう。まずなんとかしなくてはいけないのは靴であろう。うちは壁一面を靴置き場にしているが、そこからはみ出したものが、玄関のたたきに並んでいる。私はバッグフェチでもあるが靴フェチでもある。

幅広甲高という最低の条件を持つ私の足に、長いことずっと無理を強いてきた。考えて

もみて欲しい。これだけ面積の大きいものを、先のとがった靴にぎゅうぎゅう押し込んできたのだ。どうしても流行の靴を履きたくて、どんなにきつくてもぐっと耐えてきた。そのツケが出てきたらしく、小指がぐっと腫れて変型してしまったのである。

ヒールを履くと、もう痛いの、痛くないのって……。途中で一歩も歩けなくなることもある。幸いなことに、今年はスニーカーが大流行。どんな洋服にも昔買ったドルガバの白のスニーカーを合わせた。スニーカーはラクチン。メトロの階段もタッタッと上がれる。そして目的地に着くと、ヒールのちゃんとした靴に履き替えたのであるが、ホテルのロビイをつっきるぐらいで、もう足がギブアップ。

「ギャーッ」

と叫びたいぐらい。まるで拷問である。

私は悲しくなる。ということは、あれだけたくさんある靴、もう一足も履けないっていうこと。まさか、まさかね。

が、私の靴も大量に整理する時がきたようだ。ところがここで大問題が。私のような大足の女はめったにいない。バッグなら誰にでもあげられるが、こんなでっかい靴履くような女は……。そう、血が繋がっている者ですね。私の姪っ子は、私とサイズが同じなのだ……。

近いうちに靴たくさん取りにおいでと、連絡することにしよう。

日本一の漢方医

みんなで本郷の焼肉ジャンボに出かけた。

ここは私の最近のお気に入り。ものすごくおいしい肉を目の前で焼いてくれる。そのうえオーナー店長がものすごいイケメン。唐沢寿明とそっくりなのだ。

そしてここの売りは、最後のしめに食べるカレーである。ほんのちょっとだけ出てくるのであるが、三日間煮込んだカレーのおいしいこと。福神漬けがついているのもうれしい。

次の日は、友人のうちでワインパーティー。みんなでひと皿ずつ持ちよってそこのうちのワインを抜く。

みんなデパ地下で買ったデリや、ナッツ類しか持ってこないのに、そこの友人は気前よく秘蔵のワインを抜いてくれる。五本飲んだが、どれもおいしく、一本はフランスの五大シャトー、一本はシンデレラワインであった。

そしてその前の週は友人と京都へ行き、高級料亭でさんざんおいしいものを食べてきた。

こんなことばかりしている私が、痩せるわけがない。

「えっ、あんた、まだ何かやってるの」

と言われそうであるが、そう、ずっと心はダイエット、ダイエット、そのことばかりである。しかし実際はエア・ダイエットとなっている。

京都でおめにかかった、瀬戸内寂聴先生にも言われた。

「マリコさん、もうちょっと痩せなさいよ。もっと気をつけなきゃダメでしょう」

はい、本当にそのとおりです。すみません。だけど、このところ何をやっても痩せづらくなっている。前はちょっと糖質抜けば、すぐに、三、四キロは痩せたのに……。

「ハヤシさん。漢方、漢方だよ」

と言うのは、わがダイエット仲間・三枝成彰さんである。私たちはこれまで、断食道場、和田式ダイエット、肥満クリニック、ありとあらゆることを試してきた。三枝さんはこのところ、ダイエットに成功して、なんと七キロ痩せたそうだ。肩のあたりなんかすっきりしている。

この方はエネルギーと親切心が人の十倍ぐらいあるので、自分がいいと思ったものは人に勧めずにはいられない。しつこいぐらい誘ってくる。

八年前ぐらいに断食道場に行った時は、私でなく秘書のハタケヤマに電話をかけ、スケジュールを押さえちゃったぐらいだ。

「とにかく僕を信用すれば、絶対に痩せさせてあげる」

と言い、いろんなことにひき込むのであるが、ご本人はわりと飽きっぽく、私と同じでしょっちゅうリバウンドしている。

が、今度はうまくいったらしい。するすると体重が落ちたそうだ。

「とにかく一緒に行こう」

と何度も言い、自分が行く日に連れていってくれた。

最近知ったことであるが、この頃って漢方がまたブームなんですね。いろんな本が出ているし、どこの漢方医も人が詰めかけているようだ。

三枝さんの通うところは、カリスマ中のカリスマ。間違いなく日本一の先生なんだそうだ。

「いつも百人待っているんだけど、今日は特別に僕の予約時間に入れてあげたからね」

ありがとうございます。

その漢方医は古びたビルの二階にあった。看板は出ていない。看板を出すと、これ以上人が詰めかけて困るからだそうだ。

やがて六十代の男性が現れた。鋭い目をしている。私を見るなり、

「首が曲がってるね」

とひと言。そして右、左と動かした。ポキポキ音がする。不思議なことに、これで肩がすっきり。

その後、私の脈をとって、

「このままじゃ心臓に悪いよ。とにかく痩せましょう。飲みづらいけど、飲んでみますか」

飲みますとも。どんなまずいもんだって飲みますよ。

しばらくして調合された一ヶ月分の薬と、大きな箱を目の前に置かれた。この箱の中には自動で煎じるメーカーが入っている。ここに薬をセットして、三十分後に飲むんだそうだ。しかも毎食というからかなり大変そう。

次の日、わくわくしながらセットして、さっそくドリンク（というのか？）をつくってみた。飲む。ゲッ、まずい。本当にまずい。が、これを飲み続ければ、三枝さんいわく、

「こわいほど痩せてくる」

んだそうだ。

飽きるまでは徹底的にやる私は、そのドリンクをもう一度つくり、小さなジャーに入れた。ランチの約束があるので、その時に飲むつもりである。

皆の前で取り出したら、

「わー、何、それ」

「におい、すごい」

と興味シンシン。私はちょびっとずつ飲ませてあげた。

夏までに私もこわいほど痩せてみせますからね。楽しみにしててくださいね。しかし漢方薬ってどうしてこんなにまずいんだ。

〃オシャレ〃と〃ベンリ〃

初夏が近づくと悩むことがある。

それは〃脚をどうするか〃ということだ。

秋から私は黒タイツ、五十デニールと決めている。これがいちばんいい感じの薄さだと思うからだ。洋服は何でも似合うし。

が、暑くなってくるとそうはいかない。最近は女優さんやタレントさん、真冬でもみんな〃ナマ脚〃であるが、トシマの艶のないナマは、いくら何でも人さまに悪いでしょう。

などということを話したら、

「ヤダ、この頃は若いコもみんなナチュラルストッキングですよ」

と人に教えられた。

「ナマ脚に見えるけど、ナマ脚よりずーっと綺麗に見えるストッキング、みんなが穿いてます。若い人ほどストッキングですよ」

へぇー、そうなの。

そんなある日、知り合いのA子さんからちょっとしたことのお礼として、ストッキングが送られてきた。彼女が輸入しているイタリア製のものだ。

このストッキングに関しては、人から聞いた物語がある。十数年前のこと、彼女はミラノ行きだかローマ行きのアリタリア航空に乗っていた。フライトの間英語が喋れる彼女は、隣に座っていたイタリア人男性とすっかり仲よくなり、いろんな話をしたそうだ。

彼は日本女性の素晴らしさを口をきわめて讃えた。美しいし気配りは出来るし、本当にチャーミングだ。どうやら日本でいっぱいラブアフェアがあったらしい。

「しかし、ひとつ我慢出来ないことがある」

どうしてみんなパンストを穿いているんだ。あんな色気のないもの、ヨーロッパのおしゃれな女たちは見向きもしない。みんなガーターベルトで留めるか、あるいは太ももでフィットするタイプのものを身につけている。

これを聞いたA子さんは、ふつうの主婦だったにもかかわらず、ストッキングの輸入を思いつくのである。今では彼女のところの製品はとてもよく知られ、直営店もある。しかし私は買ったことがない。だってとっても高いんですもの。脚も太い私は、膨張力も高くなるため、伝線する率も当然高くなる。一足二千円、三千円のストッキングなんか穿いていられない。

でも彼女からもらっちゃった。パッケージには、

「素足より自然で美しい」

と書かれてある。しかも太もも丈。上の部分がやわらかいシリコンになっていて、皮膚

に吸いつくようになっているのだ。試しに穿いてみた。おお、私の脚はなんと美しくなったことであろうか……。ナマ脚よりもはるかに綺麗で艶がある。

今まで日本でも、上がゴム状のストッキングはあったが、私の太ももに喰い込んでかなり痛かった。すぐに脱いでしまったほどだ。しかしさすがイタリア製。平たい五センチほどのレースの裏がシリコンになっていて、まるでずれない。痛くない。すごい……。

残念なのは、私の脚の太さにより、丈が膝のすぐ上になってしまうことですね。これなら短いスカートはちょっと無理かも。

が、長めのフレアースカートを穿けばどうということはない。なんて快適なんでしょ。これなら真夏にもOK。目からウロコの太もも丈ストッキング……。

と一人で喜んでいたら、アンアン編集部のコイケ青年がやってきた。私のイラストを取りに来てくれたのである。今回はイラスト先行、東京の街にどっと増えたオープンエアのカフェについて描いたのだ。

それならば一緒に取材に行きましょ。私の街の駅前に、昨日大きなカフェが出来たばかりなのだ。有機野菜や食品のショップもあってなかなかいい感じ。オープン当日の昨日は、ものすごい人で中に入ることが出来なかったし……。

行く途中、私は彼にこんな話をした。

昨日、NHKの前の道をタクシーで走っていたら、オープンエアのカフェで人々が楽しんでいた。その風景は日本みたいじゃなかった。前面にいるのが外国人ばかりだったし、照明がとても暗かったから。テーブルの小さなあかりだけでみんなお酒や食事をとっていたのだ。ヨーロッパの照明というのは、びっくりするぐらい暗い。テーブルの上の料理もよく見えないぐらいだ。そのカフェも本当に暗くて、ぼんやりとお客さんの顔が見えるぐらいであったが、それがとても素敵だったのだと。

駅前のカフェは、オープンの時よりもずっと空いていた。私とコイケ青年はコーヒーを飲んだ。ピザも頼んだ。しかしここはオープンしたてなので、まだお店がよくまわっていない。ショップとカフェのレジが一緒なので行列が出来る。先にオーダーするシステムだが、メニューがレジのところだけに置かれているうえに、ものすごく小さい文字。私のように老眼が始まった人は、とても読みづらいのだ。夜になったらどうなるんだろう。あのNHK近くのカフェを思い出す。オープンエアのカフェって結構不便なものなんですね、おしゃれだけど。そうそう、駅までかなり歩いたけど太ももストッキングはびくりともしない。

〝使う〟のです！

先日「美ST」の巻頭グラビアを飾った私。

そりゃあ、マガジンハウスだけ、ごくごく極地的に「国民的美人作家」と呼んでくださるが、まだ国民的には認知されていないないと思っていた（おい、おい……）。

そうしたら巻頭グラビアですよ、巻頭！　やっぱり見ている人はちゃんと見ているんですね。

おまけに、そのグラビア写真が、修整はしていないものの、ライトをすごーくあててくれ、自分でもびっくりするぐらいキレイに撮れていた。皆さんからも、

「すっごくよかったわ」

と誉められ、私はご機嫌。するとそんな時、ある人からこんなメールが。

「私の通っているエステの人が、〝美ST〟を見たそうです。そしてハヤシさんのことをキレイにしてあげたいと言ってます。それでふつう一万八千円の施術、一万五千円にしてくれるって」

何なの？　この上から目線のもの言い。このエステ、頭にきた。

私のところには、直に、あるいは編集部を通じて、いろんなエステサロンや美容家の方からご連絡をいただく。

「ちょっと試しに来てくれませんか」

タダでいいですからと。

私は「タダより高いものはない」と思っているので、もし行く場合はちゃんとお支払いする。それでも最初の料金をとってくださらない時は、必ず二回、三回行くようにしている。そのくらい気を遣っているワケ。それなのにこのエステ、見も知らない私に対して、ずいぶん高飛車だと思いません？　もちろん断ったけど、この友だちも友だちよね。

「私も通っているけどとてもよかったので、ぜひ行ったらいいと思うわ」

という言い方にすべきでしょ。

とプリプリしていたが、この頃の私はとても快調。なぜならあの漢方のおかげで、なんと一ヶ月で二・五キロ痩せたのである。

前にも話したと思うが、器具で煎じるまずいまずい漢方を、我慢してずうっと飲み続けた。それも日に三度、食事の前に。すると不思議なことに、だんだん食欲がなくなってくる。

それだけではない。漢方のおかげで水分が抜けていく。結果むくみが取れて顔がえらくすっきりしたのである。

今日、久しぶりにジル・サンダーに買物に行ったら、いつものサイズでスカートがするする入るではないか。

ジルのスーツというのは、本当によく出来ている。一見ふつうの地味なスーツに見えるのであるが、ラインが本当に綺麗で、特に後ろに小さな仕掛けがしてあるのだ。今までは肩のところに、ヘンなタテじわが入ったりした。ところがジャケットがすっきりときれいに着られる。ほれぼれするぐらいカッコいい（ジャケットが）。タイトのスカートは、スリットが隠し技のように入っていてとてもセクシー。

これに高いヒールを合わせたら、欲しいのはやっぱりサングラスであろう。

夏にシャープな格好をしたら、サングラスは絶対に必要である。あるとないのでは大違い。この頃、外出の時は必ずするようにしている。目のためにもとてもいいんだって。

サングラスは、背が高くて顔が小さい人なら文句なしにきまる。そういう人は何だって似合うのであるが、まぁ、特にサングラスに関しては得している。白人なんか、サングラスのためにあるような顔だ。しかしふつうの日本人も頑張れば何とかなる。今年になって、私はいちばんいいやり方を知った。

それは、サングラスはファッション小物ではなく、実用品であると思うことだ。

「陽ざしから守るためにしてるんだから、何か悪い？」

という気持ちでかける。

平常心で、照れることなく、意識することなく、だけどうんとおしゃれなものを選ぶ。

私のはこのあいだソウルの免税ショップで買ったトム・フォード。おしゃれ番長のホリキさんと一緒だったので、それこそ時間をかけて、かけて、選び抜いた。

私のように顔の横幅があるものは、大きめの黒がいいと教えられた。それから洋服に合わせるためにブラウン系も買った。私は過去に買ったいくつものサングラスのことを思い出す。

夏がくるたびに、サングラスを買ってきた。そうですよね、サングラスと水着というのは毎年買うものである。しかし文字どおり「陽の目」を見ないで、消えていったサングラスは、いったいいくつあるだろうか。それは私が、サングラスを、うんととがったファッション小物と思い、こわごわかけていたから。そして一回か二回使って、それきりにしてしまったから。

そお、サングラスは、たかがサングラス。今は玄関傍の棚の上に置き、さっと取るようにしている。もうケースを使ったりしない、実用品なんだもん。

初出『ａｎａｎ』連載「美女入門」（二〇一四年三月二六日号～二〇一五年六月一〇日号）

林真理子（はやし・まりこ）

一九五四年山梨県生まれ。コピーライターを経て作家活動を始め、八二年『ルンルンを買っておうちに帰ろう』がベストセラーに。八六年「最終便に間に合えば」「京都まで」で直木賞受賞、九五年『白蓮れんれん』で柴田錬三郎賞、九八年『みんなの秘密』で吉川英治文学賞をそれぞれ受賞。近著の小説に『ビューティーキャンプ』など。anan連載「美女入門」シリーズのエッセイは、本書で14巻目。

公式ブログ「林真理子のあれもこれも日記」(http://hayashimariko.exblog.jp/)

美を尽くして天命を待つ

二〇一六年六月二三日　第一刷発行

著者　林真理子

発行者　石﨑　孟

発行所　株式会社マガジンハウス
〒一〇四-八〇〇三
東京都中央区銀座三-一三-一〇
書籍編集部　☎〇三（三五四五）七〇三〇
受注センター　☎〇四九（二七五）一八一一

印刷・製本所　凸版印刷株式会社

ブックデザイン　鈴木成一デザイン室

 ISBN978-4-8387-2860-2 C0095